摘まれて、確かめるように
くにくにと圧迫されると、
思わず上擦った声が漏れてしまう。
「あ、っ、あっ……！」
「これ……小鈴も、エッチになってる」
指摘を受けて、ずくりと腰が疼いた。

俺様御曹司の偽装恋人になったら全力溺愛されました!?

～恋愛不信の王子様、ついに陥落する～

桜しんり

Vanilla文庫Miel

俺様御曹司の偽装恋人になったら全力溺愛されました!?

恋愛不信の王子様、ついに陥落する

Contents

プロローグ 7
1　極上の王子様……？ 11
2　突然、シンデレラの魔法をかけられまして!? 108
3　この恋が、運命じゃなくても 194
4　王子様の本気の溺愛を甘く見ていました 218
エピローグ 276
あとがき 287

イフスト／まりきち

プロローグ

「小鈴《こすず》！　お待たせ！」

振り向くと、王子様がいた。

もちろん白馬には乗っていないし、金髪碧眼《へきがん》でもない。どう見ても日本人だ。

でも。

眩《まばゆ》い後光に、端整な顔立ち。

すらりとした体軀《たいく》から溢《あふ》れる自信と魅力。

目にするだけで感謝がこみ上げてくる、圧倒的に高貴な存在。

高級レストランのエレガントな内装すら、彼のオーラの前に霞《かす》んで張りぼてと化している。

そんな神がかったイケメンが――何故《なぜ》か、脇目も振らず、小鈴の元へ駆け寄ってきた。

「ギリギリになってごめん！　商談が長引いちゃって」

王子様は、ぽかんと立ち尽くす小鈴の肩を抱き寄せ、頬《ほお》に、ちゅっと甘い音を立てた。

「……え……?」

見知らぬ人だ。

どんなに王子様オーラを発していても、ただの不審者である。

「あ、ついいつもの癖が出ちゃった。人前でこういうのは嫌だって言ってたね」

「いえ、あの、」

「皆さんも、お待たせして申し訳ありません。今日の食事代は俺が持ちますから」

男が、先にテーブルに着いていた小鈴の友人たちとそのパートナーに笑顔を向ける。小鈴同様、彼らも男の美貌に釘付《くぎづ》けになっていた。

——えっと……もしかして、夢かな?

——でも、どこからが夢?

——朝起きて、仕事行って、退勤して、友人と待ち合わせたレストランに着いて……。

それで、王子様の登場である。

でも、夢にしては解像度が高すぎる。

——だって私、今まで散々〝理想の男性〟を夢見てきたけど。

——こんなに格好良い人、私の脳みそじゃ生み出せなかった……。

ぽかんと王子様を見つめていると、先にフリーズの解けた友人たちが「きゃ〜〜っ」と黄色い悲鳴を上げて――でもやっぱり、夢は覚めなかった。

「小鈴！　こんな素敵な恋人とどこで出会ったの!?　もっと早く紹介してよ！」

「背、めちゃくちゃ高い！　頭小さすぎ！　別の生き物……！」

「何かのドッキリかと思ったー！」

友人たちは自分のパートナーをそっちのけに、興奮気味に囃《はや》し立《た》ててくる。

この時は、思いもしなかった。

まさかこの数時間後に、今度は自分が彼の恋人役を依頼されるなんて。

王子様――もとい不審者は、小鈴の腰を抱き寄せてテーブルに歩み寄った。

「はじめまして。いつも小鈴がお世話になっております――」

この世の穢《けが》れが浄化されそうな笑みとともに、男が名乗る。

名字を聞いた瞬間、小鈴は半月前の苦い記憶を思い出した。

自宅のアパートで二日酔いに呻《うめ》きながら、ある嘘《うそ》を懺悔《ざんげ》した日のことを。

1　極上の王子様……？

「なんで、そんな嘘ついちゃったの？」

親友の悲しげな眼差《まなざ》しを受けて、高梨《たかなし》小鈴は迎え酒の缶チューハイを握ったまま、こたつに突っ伏した。

「やめて、そんな目で見ないで……っ。だってもう、二十四だよ？　みんな恋人いたり結婚したり、子育てしてる友達までいたのに。一度も恋人できたことないなんて言える？　無理でしょ……！」

「でもさすがに、『理想通りの、王子様みたいな恋人がいる』って嘘は……」

「お願いっ、それ以上言わないでっ‼」

やつれたロングヘアの間から、二日酔いで虚《うつ》ろな目を親友に向け、小鈴は昨夜の自分を呪った。

小中学生時代の、気の置けない女友達とのプチ同窓会。

『久々に集まらない？』と声をかけられた時は、何の気負いもなかった。

でも――。

『実はこの間、プロポーズされたんだ』

『え～～っ、おめでとう！　いやー、私もこの間、なんとなく将来の話になってさ。やっぱり出産とか、若いうちがいいし』

『出産といえば、今日来られなかったけど、ミカ、できちゃったんだって』

『えっ、じゃあ授かり婚ってこと？』

レストランでそんな女子トークが繰り広げられる中、小鈴はひっそりとハウスワインを舐《な》めて、背中に冷や汗を滲《にじ》ませていた。

そしてとうとう、一番恐れていた言葉が発せられたのだ。

『小鈴はどう？』

どう。

どう、とは。

パートナーがいれば、とっくに話題に参加している。

そこは女子力と、昔からのよしみで察してくださいお願いします、と思った。

『小鈴、昔は「王子様みたいな人がいい～」って理想語ってたから、すごい気になる！』

『私も思春期は理想高かったなぁ。いつか運命の人がー、みたいな？』

『まあ子供の頃はね。でもこの歳《とし》になると、現実はこんなもんかーって』

背中をだらだらと冷たい汗が流れていく。

言えない。

絶対に言えない。

大人になってから、〝格好良くて優しい王子様みたいな人〟どころか、〝肩書・収入〟という現実的な理想が加わり、更には〝素敵な初夜〟まで夢を見はじめた結果、未《いま》だに相手が見つからず処女のままです、なんて。

だから、全員から注がれる好奇の視線に耐えきれず、つい――。

『い……いるよ、彼氏くらい』

おお～！　っと、拍手が起きた。

それで別の話題に流れるだろうと思ったのに、全員酔っているのがよくなかった。

旧知の仲とあって、容赦のない質問攻めがはじまってしまったのだ。

『よかったぁ～、小鈴、思い込んだらこう！　ってところあったしさぁ』

『まだ理想を追ってて、ずっと独り身なんじゃないかって心配してたんだよ……！』

『どんな人？　理想通り？　なわけないよね？』

どうせ皆、酒の肴《さかな》が欲しいだけだ。酔いが覚めた時に覚えているかも怪しい。

だから適当に答えて、次集まった時には別れたことにすればいいや、なんて無責任に考えたのは、小鈴もかなり酔っ払っていたからだ。

それで、やけくそになって話を盛りまくった。

高収入、高学歴は大前提。

目を瞠《みは》るほどのイケメンで、すらりと高い身長に、程よく筋肉のついた肉体。

大企業の末っ子御曹司で、起業家で、優しくて気が利いてマメで、何に措《お》いても小鈴ファーストで、とどめに婚約間近の同棲《どうせい》中。毎日お姫様のように扱ってくれて、躊躇《ためら》いなく甘い言葉を囁《ささや》いてくれる。

万が一そんな超人が存在したとして、デパートの地下の和菓子屋で働く小鈴が、一体どうやったら出会えるのか。

でも友人たちは小鈴の夢想を疑いもせず、少女の如《ごと》く目を輝かせて、イマジナリー婚約者のことを知りたがった。

――やっぱり皆、いくつになったって、理想の王子様がいたらいいなって思ってるんだ。

――私の願望は間違ってないんだ……！

お酒の力を借りて自分を説き伏せ、罪悪感から顔を背けたものの――今朝、グループチヤットを見て絶望した。

『おつかれー！　昨夜はほんっと楽しかった！　企画ありがと！』
『話し足りなかったし、ミホの彼氏がやってるフレンチでまた集まらない？』
『あ、小鈴の彼氏にも会ってみたい！』
『私も！　小鈴がのろけてるところ見たい笑』
『じゃあ今度は皆、パートナー連れて集まる？』

小鈴は、二日酔いでがんがんと痛む頭を掻《か》き毟《むし》って、必死に返事を考えた。

『仕事が忙しい人だから、どうかな……ちょっと難しいかも』

他にどう言えばよかったのか。
でも結局、

『小鈴の彼氏に日程あわせるから！』

と息巻かれて、あれよあれよという間に開催が決まってしまった。

「小鈴ちゃん、案外、見栄《みえ》っ張《ぱ》りだったんだねぇ……。私もずっと恋人いたことないけど、それで嘘つこうなんて思わないよ？」

目の前でどら焼きを頬張《ほおば》っている親友が、ぐさぐさとトドメを刺してくる。

彼女、神宮寺《じんぐうじ》千春《ちはる》は大学時代の同級生で、小鈴に男性経験がないことを知っている唯一の友人だ。

「でも千春ちゃんはお見合いさせられるんでしょ？　私とは状況が違うっていうか……」

千春は、大手ゼネコン、神宮寺建設の会長を父に持つお嬢様だ。

ゆえに大学では、〝近付き難《がた》い、別世界の人〟という扱いを受けて浮いていた。小鈴はその空気が嫌で積極的に声をかけるうち、和菓子好きという共通点を通して、気付けば一番の友人になっていた。

「もー、そうやって別枠扱いするのやめてよ。私はお見合い結婚なんて絶対嫌だし」

むっと険しい顔をした千春は、庶民の文化に憧れがあるらしい。初めて小鈴のアパートでこたつを見た時は、『これ！　入ってみたかったの！　あったかぁい、ぬくぬく……』と一晩入り浸ったり、ファッションではプチプラブランドのクオリティに目を輝かせる変わり者だ。

「私のことはともかく！　なんでそんなに理想が高くなっちゃったの？」

「それは……元々夢見がちな性格ってのもあるかもだけど。親の躾《しつけ》を間に受けすぎたのかも」

「親？」

「ほら、大学時代さ、私も門限あったでしょ。千春ちゃんよりは少し遅かったけど」

「ああ……そういえば、親がうるさいって言ってたね」

「特にお父さんがね。考えが古いっていうか……」

小鈴の実家は、三代続く春夜庵《しゅんやあん》という老舗和菓子屋だ。下町に本店を構えており、小鈴はデパートのテナント店の切り盛りを任されている。ちなみに、今千春が食べている黒糖入りのどら焼きも春夜庵の看板商品だ。

店は兄が継ぐ予定だから、婿養子が必要なプレッシャーはないし、家庭環境もごく庶民的だった。

でも実家には、創業者の曽祖父から続く古い考えが染み渡っていて。

『変な男に引っかかって、簡単に身体を許すなよ。結婚を考えられない男と適当に付き合うなんて、絶対に認めないからな』

『小鈴ちゃんは可愛《かわい》いしいい子だし、私の自慢の娘なんだから。いつか絶対、ビビッと来るいい男性が現れるわよ』

思春期に入るなり両親からことあるごとにそう言われ、純朴な小鈴は、

――親の言う通り、適当な相手と気軽に付き合うのはよくないよね。

と馬鹿正直に受け入れて育ったのだ。

「それで、いつか素敵な人が～、って夢が際限なく膨らんでいったっていうか……」

今思えば、親の言いなりになって、何も行動しない方が楽だっただけかもしれない。

告白しなければ、振られて傷つくこともない。

相手が定まらなければ、いくらでも夢に浸っていられる。

親にだって、いい子だと思われる。

「なるほどねぇ。真《ま》っ直《す》ぐな小鈴ちゃんらしいというか」

「今思えば、ちょっと親に反抗するくらいが健全だったのかも……」

とにかく、過去を悔いても仕方ない。

一日も早く腐りきった理想を捨てて、なりふり構わず恋活や婚活をはじめないと、このままずっと独り身だ。

「だから！　今回の反省を機に、現実的な恋愛をするって決めたの……！」

ぐび、とチューハイを呷《あお》る手を止められる。

「待って待って。理想は大事でしょう？　思わなければ叶《かな》わないし、口に出さなければ、もっと叶わないいんだから」

「千春ちゃん……」

光の友人だ。

彼女の言葉は本気だと伝わってきたけれど、『やっぱりそうだよね！　この先も理想の王子様を求めて頑張る！』と同意するのは難しかった。

「それで？　小鈴ちゃんの理想の人って？」

小鈴の幸せに関することとなると、千春は譲らないところがある。

ずいっと迫られて、懺悔がてら、友人の前で盛りまくった理想の彼氏を吐露した。

言うまでもないけれど、全ては、心から小鈴だけを愛してくれることが大前提だ。

愛がなければ、どんな好条件が揃《そろ》っていても空《むな》しいだけだし、お互いしわくちゃになっても純粋な愛情を注ぎあいたい。

「……ね？　バカみたいな理想でしょ？　せめて処女を捨てられたら、現実はこんなもんかーって、夢から目覚められる気がするんだけど」

デートや結婚生活は、他のカップルを見れば、そこにリアルがある。

でも性生活だけはベールに包まれたままで、あまーい理想を際限なく抱き放題だ。

「収入とか見た目だけ？　趣味や価値観があうとか、そういうのはいいの？」

「だけって……そりゃ相性があえば嬉《うれ》しいけど、さすがにこれ以上を求めるのは、」

「控えめ！　全然理想高くないよ。収入は大事だし、容姿も好みじゃなければときめかないじゃない？　理想があるなら、摑《つか》みにいかなきゃ！」

そりゃあ、お嬢様にとってはそうかもしれないけど、と喉元まで出かけた言葉をチューハイで流し込む。

「とにかく、次の食事会で皆に謝って、笑い話にしてくれることを祈るよ。あとはマッチングアプリでも登録して……」

スマホを手に取ると、さっと取り上げられる。

「だーめ！　ネットの出会いなんて、どんな人かわからないよ？　もし襲われたり、詐欺だったらどうするの？　犯罪者かも！」

過保護な親の躾を思い出して、つい眉を顰《ひそ》める。

「でも毎日職場とアパートの往復で出会いがないし、」

「任せて！　私にいい案があるの。小鈴ちゃんが友達に笑われるなんて、私、絶対に嫌だから！」

「はあ……」と不可解に相槌《あいづち》を打つ小鈴の向かいで、千春はうきうきと新しいどら焼きを開封した。

帰宅ラッシュで混み合う改札を抜けると、クリスマスを二週間後に控えた繁華街は、煌《きら》びやかに彩られていた。

が、友人たちの待つレストランへ向かう小鈴の足取りは登校拒否の子供のように重々しい。

千春は『私に任せなさい！　約束の日はいつ？』なんて豪語していたけれど、あれ以来一度も連絡はなかった。

でもそもそも、友人に尻拭いを頼るつもりはない。

今日、罪を打ち明け、償うつもりでいる。

――私は大恥をかいて、さっさと恋活して処女を捨てて、初体験や恋愛への幻想を、まるっと卒業するべき！

――そうでもしないと、アホな願望に引きずられて……きっと、十年後に酷《ひど》い後悔をすることになるんだから。

それでも、嘘を打ち明けた時の空気を想像すると、きゅっと心臓が痛くなった。

大通りから小道に入ると、すぐに目的の店の看板が見えた。〝デートや記念日に最適〟なんてキャッチコピーのつきそうな、大人の隠れ家的ダイニング。店の前に掲示されたメニューの格式張ったデザインが、緊張を煽《あお》ってくる。

「はぁあ……」

——こんないい感じのお店で、私だけパートナーなしで、バカな嘘の謝罪なんて。やっぱり、帰りたい……。

——だめだめだめ、罪に罪を重ねてどうする……！

勇気を振り絞って店に入り、スタッフに友人の名前を告げると、奥の半個室に案内された。

西洋アンティーク調の店内は高級感が漂っていて、一層気が重くなってくる。

テーブルが見えてくると、友人カップルが勢揃《せいぞろ》いして談笑していた。

しかもパートナーの男性陣は、

『現実見て諦めたって、どこがぁ!?』

と全力でツッコミたくなるくらい、揃いも揃ってイケメンだ。帰りたい。でも友人の一人に気付かれてしまった。

「小鈴！　あれ？　髪切ったの？　セミロングかわい～」

「半月ぶり！　座って座って！」

「噂《うわさ》の彼氏さんは？」

「あ……えっと、……、そのこと、なんだけど……」

全員の視線が集まって、小鈴は俯《うつむ》いた。

小学生の頃、夏休みの自由研究の発表で初めてクラスメートの前に立った時を思い出す。

でも今の緊張は、あの時の比ではない。

「あの……実はね、この間の話は、全部――」

ぎゅうっとバッグの持ち手を握り、勇気を振り絞って顔を上げた瞬間。

「小鈴！　お待たせ！」

軽やかな中低音に振り向く。

王子様がいた。

誇張ではない。王子である。

後光が差している。

彼を中心とする半径五メートルほどの空間が、キラキラと清廉に輝いて浄化されている。

重厚な内装を安っぽく霞ませるほどの、圧倒的に端整な顔立ち。

スーツに隠れていても逞《たくま》しさを感じさせる体軀。

まとうオーラが、一般人のそれではない。

年齢は、小鈴より少し上だろうか。

容姿だけではなく、服や鞄《かばん》まで、身につけている全てが、ひと目で最上級のものだとわかる。

彼はぐるりとテーブルを見渡し、最後に小鈴と目があうと、太陽よりも眩《まぶ》しい笑顔を湛《たた》えて真っ直ぐ小鈴の元へ歩み寄ってきた。

「ギリギリになってごめん！　商談が長引いちゃって」

肩を抱き寄せられ、ちゅっと頬にキスされる。

「……え……？」

頬とはいえ、初めてのキスだ。

見た目だけは理想を上回る、でも見ず知らずの男性。

ただの不審者。

なのに、ほんの数センチの距離にある男の顔面が、全ての警戒心と思考を破壊した。

——か…………っっっこ、いい…………………。

――え？　芸能人？　モデル？

――しかも私の名前呼んでた……。まさか本当に、運命の……王子様、…………。

ただただ造形美に圧倒され、凝視する。

目尻は鋭いのに、ふわりと目元に落ちた前髪がきつい印象を和らげている。

額にはうっすらと汗が光っていて、どうやら走ってきたらしい。

体温が上昇しているためか、フゼア系のミステリアスな香水がふわりと漂い、更に心臓を圧迫して息の根を止めにかかってくる。

「あ、ついいつもの癖が出ちゃった。人前でこういうのは嫌だって言ってたね」

まるで何年も付き合いがあるかのような笑みとともに、男が、肩の上に置いた手を引っ込めた。

「え……いえ……あの……」

「皆さんも、お待たせして申し訳ありません。今日は俺が持ちますから」

神が創りたもうたイケメン、もとい闖入者《ちんにゅうしゃ》は、馴《な》れ馴《な》れしく小鈴の肩を抱き寄せたまま深々とお辞儀をした。

小鈴も空気に呑《の》まれ、男の手に促されて軽く頭を下げて――上げて、気付いた。

友人とそのパートナーたち全員が、謎の男を見つめたまま固まっていることに。

なんとか理性を取り戻し、男に『テーブルを間違えたのでは？』と聞こうとしたが、フリーズが解けた友人たちの質問攻めの方が早かった。

「きゃーっ、何⁉　イケメン……！」

「小鈴！　こんな素敵な恋人とどこで出会ったの⁉　もっと早く紹介してよ！」

「背、めちゃくちゃ高い、頭小さすぎ！　別の生き物……！」

「何かのドッキリかと思ったー！」

小鈴のパートナーだと思い込んでいる友人たちは興奮し、そこそこの高級店だということも忘れて、遠慮も恥じらいもない、失礼な言葉を投げまくっている。

そして男性陣も変わらず、彼に魅入られ続けていた。人間は美しいものを前にすると、本能的に惹《ひ》きつけられる生き物なのかもしれない。

もはや『知らない人なんだけど……誰？』なんて言える空気ではなかった。

呆然《ぼうぜん》と立ち尽くしていると、男はナチュラルに小鈴の腰を抱き寄せ、神々しい笑顔で名乗りはじめる。

「はじめまして、いつも小鈴がお世話になっております。神宮寺冬吾《とうご》と申します。今日は小鈴の昔からのご友人に会えて、とても嬉しいです」

――……？

――じんぐうじ……？

――じんぐうじ、って……、神宮寺……？？

『任せて！　小鈴ちゃんが友達に笑われるなんて、私、絶対に嫌だから！』

と鼻を膨らませていた千春と、同じ名字。

冬吾と名乗った男は小鈴をちらっと見下ろして、軽くウインクをした。

ウインクは大抵、顔が引きつったようにしか見えないものだ。なのに華麗に決まっていて、イケメンは日々そんな練習もしているのかと感心してしまう。

「千春の兄です。話をあわせて」

男は耳元で囁くと、返事も待たずに小鈴のバッグを持ち、椅子を引いた。

「小鈴、ほら、座って。これ以上皆さんを待たせたら悪いよ」

「やだー、紳士～！」

「私そんなのしてもらったことない！」

「全然待ってませんから！」

友人たちは冬吾の一挙手一投足にはしゃいでいるが、小鈴は内心、冷静ではいられなかった。

確かに千春の言う通り、これなら恥はかかずに済むし、冬吾は好みどストライクどころか、理想を遙《はる》かに上回る完璧な王子様だ。こんな状況でさえなければ、両手を合わせて拝みたいほどの。

――でもこれじゃ、嘘に嘘を重ねて、後々余計に気まずくなるだけだよ⁉

どうしようどうしよう、と思いながら並んで席に着くと、向かいの友人が家臣かメイドのように、ささっと冬吾にメニューを渡した。「ありがとう」と笑顔を向けられただけで十代の乙女さながらに顔を紅潮させ、もじもじと俯いている。

――いやいや、気持ちはわかるよ⁉　わかるけど！

――パートナーの前でその反応はまずいでしょ……！

つい突っ込みたくなったけれど、冬吾の顔面には、それも野暮《やぼ》かと思わされるほどのオーラがあった。

一方冬吾は、注目を浴びることに慣れているのだろう。気にする素振りもなく、ドリンクのメニューをパラパラと捲《めく》っている。

「俺はワインにしようかな。小鈴は……あ、よかった。ジンジャーエールあるよ。自家製だって。この間二日酔い酷かったから、今日はアルコールはやめておこうか？」

「えっ……あ……はい……」

動揺しつつ頷《うなず》いてしまったのは、話を合わせようとしたわけではない。

彼の言う通り、軽はずみな嘘を二度と繰り返さないためにも、当分お酒は飲まないと決めていたのだ。

――いやでも、なんでジンジャーエールが好きってこと知ってるの⁉︎

千春から聞いたのかなと思っても、理想の男性にリードされたことのない小鈴は、些細《ささい》なことでドキドキしてしまう。

――こんな素敵な人が恋人として振る舞ってくれるなんて一生ないと思うと、めいっぱい堪能したいけど……けど！

――この半月、毎日決意を固めてたんだよ？

――謝って、恥をかいて、痛い目を見て。

――それを薬に、現実的な恋愛をするって……！

全員分のドリンクを注文する横で、一体なんと切り出すべきか必死に考えていると、友人からツッコミが飛んできた。

「『はい』って、普段から敬語なの？」

「えっ……、いやっ……⁉︎　あの！　実はね、彼は、」

「そうなんです！」

打ち明けるなら今だ！　と思ったのに、冬吾にズバッと遮られた。

「皆さんからもなんとか言ってやってくださいよ。もう婚約までしてるのに、俺の方が年上だからって敬語をやめてくれないんです。未だに名前も『冬吾さん』だし」

「ッデ……え……!? こんっ……」

——こんやく……婚約！？！？

でもそういえば、前回の女子会でそんな嘘を言った。

そして千春には、盛りまくった話を全部白状したのだ。

ということは。つまり。

——こんなイケメンに、私のアホな願望と見栄《みえ》を、全部知られてるってことぉ……!?

運ばれてきたジンジャーエールを引き寄せてだらだらと冷や汗をかいていると、テーブルの下で、ちょん、と太腿《ふともも》をつつかれ、椅子ごと飛び上がりそうになった。

「あんまり動揺しないで。多少の失言なら俺がフォローするから」

甘く耳元で囁かれ、必死に動悸《どうき》を耐える。

そうこうしているうちに乾杯の流れになり、自己紹介がはじまり、突出し《アミューズ》が並べられた。

——ああ……。

——もう自己紹介が回ってきた時くらいしか、懺悔のチャンスはないかも……。

手に汗を握って勇気を溜《た》めた時、バッグから通知音が響いた。

慌ててスマホを取り出してマナーモードに切り替え、千春からのメッセージだと気付く。珍しく長文だ。


『食事会はどう？

この間小鈴ちゃんの理想を聞いた時、お兄ちゃんがぴったり！　と思って！

三男だから跡継ぎ云々《うんぬん》の面倒な話もないし、仕事大好きで、学生時代からいくつか会社立ち上げてがっつり稼いでるから、収入もばっちり！

ちょっと難ありなんだけど、大学で浮いてた私をどーんと受け入れてくれた小鈴ちゃんなら上手《うま》くいく気がするから、もしいいなって思ってくれたら、そのまま……♥

本当に付き合ったらお友達に嘘ついたことにもならないし！

私にも報告不要なので、良い夜を♥』

しばらくスマホを片手にフリーズしていた。

『そのまま……♥』と、『良い夜を♥』の部分に視線が吸い寄せられる。

「――な？　小鈴？」

「へっ⁉」

顔を上げると、笑顔を湛えた冬吾が小鈴を覗《のぞ》き込《こ》んできた。世界中の女性の息の根を止める威力だ。もう何度心臓が止まりかけたかわからない。

「もーっ、小鈴ってば、こんな素敵な彼と同棲してるのに、なんでうちらが聞くまで教えてくれなかったのよー！」

「そうだそうだ！　水臭いぞー」

「え……、え……？」

友人たちは、早くも酔っている様子だ。

自己紹介は、いつの間にか小鈴の番を過ぎていた。

しかもあろうことか、代わりに冬吾が小鈴を紹介し、同棲中なんてアピールまでしていたらしく。

「聞いてなかった？　俺のお姫様は世界一、って話」

「ひっ……!?」

手を取られ、甲にキスを落とされて――小鈴が完全に硬直したのをいいことに、冬吾は友人たちにせがまれるがまま、馴れ初《なそ》めを語りはじめた。

「俺が道で落としたスマホを拾って、話しかけてくれたのが小鈴で。お礼に食事に誘ったんですが、不思議と初めて会った感じがしなかったんです。妹の親友だと知ってからは、ますます距離が縮まって」

――つっ……作り話上手いな～～……⁉

友人たちが揃って胸の前で手を組んで、「なにそれ、運命～～」と合唱する。

それで――真実を打ち明ける、最後のチャンスは潰《つい》えた。

小鈴の葛藤を知ってか知らずか、冬吾は淀《よど》みなく小鈴とのストーリーを語り続ける。

一体、どれだけ設定を練り込んでくれたのか。

運命的な出会いも、婚約済みで同棲中なことも、いつでもどこでも小鈴ばかり見てくれて、べたべたに甘やかしてお姫様扱いしてくれることも、起業家という職業設定まで、千春に打ち明けた理想の要素は、見事に破綻なく回収してくれている。

本人曰《いわ》く、M&Aで二つ会社を売却し、今は三つ目に立ち上げた食品輸入会社の社長をやっているらしい。

「既存の会社を育てていくより、ゼロから創る方が向いているみたいです。今は外国人雇用の健全化に貢献できる会社を作れないかと考えていて」

そう語る時だけは、少年のように瞳が輝いていた。千春のメッセージの内容とも合致するし、おそらく仕事については事実なのだろう。

でもそれ以外の、小鈴に関する部分は全部嘘だ。

時々、「な、小鈴？」と美貌を向けられても、『いや赤の他人ですよね⁉』なんて言えるわけもなく。

「いや」「うん」「はい」の三種類しか喋《しゃべ》っていないのに、あれよあれよという間に、完璧なラブラブバカップルが仕上がっていた。

「小鈴、もっとのろけなよ～」

「普段はどういうデートしてるの？」

「結婚はいつ⁉　式はどこで挙げるの？」

冬吾のコミュニケーション能力はずば抜けていた。

どんな質問も小鈴好みの回答であしらいつつ、今度は、「皆さんはどこで出会ったんですか？」と傾聴の姿勢に入る。

笑顔で相槌を続ける冬吾を、ちらりと横目に見上げる。

彼は登場した瞬間から、完全に場の主役になっていた。

完璧な容姿はそれだけで近寄りにくさを感じさせるものだし、生い立ちも仕事の才能も、世の男性の大半から嫉妬を買いそうな設定なのに、気取りも、驕《おご》ったところも一切なく、同性から尊敬の眼差しを受けている。

どんな話題にも造詣が深く、自分の考えを控えめに添えることで更に話題を広げる様《さま》に、真のインテリジェンスとはこういうものかと思わされた。

――千春ちゃんの厚意だし。

――今日のために私の情報を全部覚えて、めちゃくちゃ準備してくれたのが伝わってくるし。

――今日だけ……今晩だけなら。

――最初で最後だと思って、このまま、夢の世界に浸っても……。

今日はもう、人生最高の日を存分に味わい、明日から現実を頑張ればいいのではないか。

〝女の子〟としての意識が芽生えてから、二十年近く憧れていた理想が目の前にいるのだ。

「小鈴？　やっぱり飲みたくなってきた？　俺のワイン、一口飲んでみる？」

誘惑と罪悪感の狭間《はざま》でぐるぐるしていると、冬吾がさりげなく飲み口をずらして、テーブルの上でワイングラスを滑らせた。

赤い液体がゆらりと揺れる。

ダークブラウンの瞳が、優しく、『緊張しているなら、少し飲んでおいて』と言っている。

それは紛《まぎ》れもなく、気遣いからの行動で。

ここまでしてくれた冬吾の努力と親切をぶち壊す勇気はなかった。

全部、自分が嘘をついたのが悪い。

千春に打ち明けたのも、少しでも罪悪感を和らげたい気持ちがあった気がする。この責任は、全て自分で負うべきだ。

——みんな、本当にごめん……！

グラスを手に取り、決意を込めてワインを呷る。

「……おいしい、です」

その一言と、引きつった笑顔で覚悟が伝わったのか、それから冬吾の態度はますます甘ったるくなった。

はじめこそ罪悪感が燻《くすぶ》っていたが、友人たちから「仲良すぎ！」とおだてられるうちに少しずつ気分を乗せられて、最後は冬吾の演技に頼り切って、『冬吾さん』なんて呼んで彼女面をして、夢のような時間を味わった。

店を出ると、十二月の風が全身に吹きつけて現実に引き戻される。

全員分の会計を終えて出てきた冬吾が、「小鈴、風邪引きそう」と言って彼のマフラーを巻いてくれた。

その上、友人たちと駅へ向かう途中、当然のように手を繋《つな》いできて、身体がぽっと熱くなる。

でも明日からは、いつも通りの生活が待っている。デパートの地下で和菓子を売り捌《うさば》き、スタッフのシフトを組み、売上を報告する地味な毎日だ。

駅が近付いてきて、シンデレラの魔法が解けた時はこういう気持ちだったのかな、と暗い空を見上げた。

――帰ったら千春にお礼を言って。冬吾さんにも、今日出してくれたご飯代と、お礼をいくらか包んでお渡しししないと……。

夢の終わりを切なく思いながら、友人たちとともに駅の構内へ入ろうとすると、握った手を引っ張られ、肩が冬吾にぶつかった。

「小鈴、俺たちはこっちだろ」

「え……？」

きょとんと王子様を見上げると、彼は空いた手で背後の空を指差した。

――何だ何だぁ？

――月にでも帰るの？　王子様ジョークかぁ？

そんなことを思いつつ目を凝らす。

彼の指先は、周辺のビルを見下ろすように聳《そび》える、都内でも有数の高級ホテルを指差していた。

「実家が恋しくなっちゃった？　ごめんな、ホテル暮らしで窮屈な思いさせて」

うっかり、同棲設定を忘れていた。

そして冬吾が食事中、『しばらく起業の準備で日本を離れてたから、今はホテル暮らし』だと言っていたことを思い出す。

「あ……いえっ、窮屈だなんて……！　あは、昔の友達と会って、懐かしい気持ちになっちゃったせいかも」

「え、あんな高級ホテルで暮らしてるの⁉」

「すご……！　いいなぁ、一度は泊まってみたい～」

ほろ酔いではしゃぐ友人たちを前に、小鈴は笑って誤魔化《ごまか》すしかない。

「結婚式はぜーったい呼んでよねー！」

「じゃ、またね！　ちょっと早いけど、良いお年を～」

改札の中へ吸い込まれていく背中に手を振り、魔法が解けた寂しさを覚えつつ冬吾を振り向く。

彼の顔面だけは夢が続いていて、うっかり見蕩《みと》れそうになる。

散々理想を思い描いてきたのに、いざ完璧な男性を前にすると、自分がこんな素敵な人とお付き合いできるわけがないなと現実を実感させられた。

「あの、今日はお忙しい中、何から何まで、本当に……あ！　マフラーもお借りしたままでした……！」

　頭を下げた後マフラーを解こうとすると、冬吾が鼻先に人差し指を立て、無言で小鈴を静止させた。

「まだ気を抜かない方がいい。改札の向こうとはいえ、友達がすぐそこにいるんだし。それに、今日が終わるまでやりきる約束だから」

　思わず改札を振り向いて確認する。

　小鈴を疑うような友人たちではないけれど、月とスッポン、豚に真珠、猫に小判くらい格差のある相手なのだから、コッソリ見られていてもおかしくはないかもしれない。

「ほら、行こう」

「でも、行くってどこに、あ……っ」

　再び手を握られて、夜の繁華街へ取って返した。

　すれ違う人々は、漏れなく冬吾の背の高さに驚き、次に整った容姿に気付いてぽかんと口を開けている。まるで、歩く視線収集機だ。

「どこって、決まってるだろ？」

真っ先に浮かんだのは、さっき彼が指差していたホテルだ。

――あ、そうか、ホテル前まで移動して解散かな。

――ロータリーにタクシーも止まってるだろうし……。

ホテルは案外近かった。

冬吾は子犬のリードでも引くように小鈴の手を引っ張り、何故かタクシーを素通りして中に入ると、フロントの女性と親しげに挨拶を交わし、鍵を受け取ってエレベーターに乗り込む。

「え……あの、冬吾さん？」

「ごめん、ちょっと……君の友人たちの質問攻めで、さすがに疲れたから……」

最上階のボタンを押し、ドアが閉まって二人きりになるなり、冬吾は頭痛を堪えるように額に手を当て、盛大なため息をついた。

疲労困憊《ひろうこんぱい》は当然だ。

友達が冬吾に示した興味関心は餌に食いつくピラニアの如く苛烈で、それをほぼ作りごとで捌《さば》ききったのだから。

だからそんなジェスチャーをされたら、世話になった小鈴は何も言えない。

階数を示す電光パネルが、ぐんぐんと数を重ねていく。

彼は消耗しきりの眼差しでそれを見上げたまま、何も言わない。

まだ、手は、握られたまま。

階が上がっていくごとに、手汗が酷くなっていく。

――え……、……え？

――……何、このシチュエーション……？

まさか、同棲中という設定に信憑性《しんぴょう》性をもたせるために、ホテルの予約まで取ってくれたのだろうか。

だとしたって、ホテルの客室で、二人きりになる意味とは？

――いや、あるわけないよ？　あるわけないってわかってるよ？

――でも……千春ちゃんからのメッセージにも『良い夜を♥』ってあったし。私、千春ちゃんの前で『せめて処女を捨てられたら……』って言ったし。

――冬吾さん、私のこと全部千春ちゃんから聞いてるっぽいし。

――まさか処女まで……面倒見てくれるつもりで……？

もしこの時、小鈴にほんの一欠片《ひとかけら》でも理性が残っていたら、女性から引く手数多《あまた》であろう男性が、特にこれといった長所もない自分を求めるはずがない、とわかっただろう。

でも食事中に冬吾からでろでろに甘やかされたせいか、知力が極限まで低下して、ハムスター並になっていた。

ずっと厳しく躾《しつ》けられてきた。

異性関係については、特に。

そして親の躾を言い訳に、少し気になる男の子に対しても、何も行動しなかった。

行動する気にならないいってことは、そこまで好きじゃないのかも——そう思っていれば、
永遠に傷つくことなく、いつまでも心地良い夢に浸っていられたから。

今、一歩踏み出すだけで、そんな自分を変えることができるのだとしたら。

——ああ、神様。でも……どうすればいいの⁉

——だって、下着もすごい適当だし！

——急すぎて、心の準備ってものが……！

最上階に達すると、エレベーターのドアが開いた。

握られたままの手を引かれ、冬吾がカードキーを使って部屋を開け、間接照明を点《つ》ける。

まず目に入ったのは、大きな陶器の花瓶に生けられた生花だ。

クリスマスを連想させる赤と白のバラと、白塗りの枝、樅《もみ》の木《き》が美しく配置され、その
向こう側に、ソファーをはじめとした豪奢《ごうしゃ》な家具が置かれている。

でも、何より心を奪われたのは、窓一面に広がる荘厳な夜景だった。

「すごい、……」

いわゆる、スイートルームなのだろう。

冬吾の手が離れるなり、小鈴はふらふらと窓際へ吸い寄せられていった。

窓に張り付いて下を覗き込む。

乱立するビル群の明かりが、彼方《かなた》まで続いている。

作り物《ミニチュア》のように綺麗《きれい》で、思わず感嘆の息を漏らした時。

「高梨さん」

「っ、はいっ……⁉」

振り向くと、目の前に冬吾がいた。

彼の背後のソファーに、脱ぎ捨てたコートとジャケットがある。

ジャケットを着ていた時も十分逞しい印象だったのに、ワイシャツ姿だと更に身体のラインがあらわになって、リアルな肉体美に息を呑む。

ウッディなラストノートは、セクシーな印象を際立たせていて。

「悪いけど、先に風呂に入ってくる。適当に寛《くつろ》いでて」

「っは……、い……？」

どっ、どっ、と心臓が喉元にこみ上げて、全身が揺れはじめる。

あまりの動揺で、冬吾の口調がレストランの時とは少し異なることに、気付く余裕はなかった。

――それって……。お風呂、って。

――やっぱり、じゃあ、このあと……。

――冬吾さんに、食べられちゃう……?

いざ想像が現実として迫ってくると、勢いで初対面の男性と、なんてありえない気がしてきた。

――だって……親友のお兄さんとはいえ、今日出会ったばかりの、他人だよ?

――魅力的な男性ではあるけど……流されて、勢いだけで、その場限りの相手に処女喪失、って……。

この葛藤も親の躾に縛られているだけだと思う一方、一般的な躊躇いではないかとも思う。

「……泊まりにしては、荷物少ないな」

ショルダーバッグをちらりと見下ろされる。

冬吾がネクタイを緩め、襟元のボタンを外しはじめた。

長い指先の細やかな動きに、視線が釘付けになる。

「着替えとか化粧品とか、一晩過ごすのに必要なものがあれば、コンシェルジュに電話して。何でも頼んでくれてかまわないから」

動悸。

お世話になった成人男性と。

高級ホテルの最上階で、一泊。

順番に、お風呂。

これだけ条件が揃って、そういう意味だと思わない成人女性がいるだろうか。

冬吾がネクタイをコートの上に投げ捨てながら背を向け、バスルームらしきドアの方へ遠ざかっていく。

でも、やっぱり。

「あっ、あのっ……‼」

振り向いたイケメンが、『何だよ』とばかりに眉を顰める。

間接照明でほの赤く照らされた部屋だからか、見返り姿すら、やけにドラマティックに見えた。

処女を、大切に取ってきたわけではない。

ただ漫然と過ごしてきた結果の、負の遺産だ。

それでも。

いざとなると、流されて抱かれる勇気はなくて。

「こ、今晩はとっても素敵な経験をさせていただきましたし、冬吾さんは本当に……ほんっっとうに魅力的な方だと思います！　私としても、やぶさかではないといいますか！大変ありがたいお話ではあるのですが！　さすがに、今日出会った男性と、そういう……っ、のは……！　心の準備と申しますか、女性は色々とこう、慎重になってしまう部分がありまして……！」

彼はシャツのボタンに指をかけたまま、口を半開きにして小鈴を見つめていた。

その表情が、苦虫を噛《か》み潰《つぶ》したものへと変わっていく。

それもまた格好良くて、ドキドキして。

でも、夢はそこまでだった。

「あー……あんた、何か勘違いしてない？」

「へ……？」

——あんた……？

冬吾は、王子様のような紳士的な振る舞いから一転、うんざりとしたため息混じりに、がりがりと頭をかいた。

「あのさ。全部演技だから」

「……、はい……？」

「食品輸入会社の社長ってのも、商談後ってのも、海外出張から戻ったばっかでホテル暮らしってのも全部事実だけど。あのうさんくさい喋《しゃべ》り方《かた》と、でろってろに甘い台詞《せりふ》は、全部演技」

「は……、……」

「あんな優男、現実にいるわけないだろ」

「…………」

冬吾はちらりと腕時計を見て、「やっと零時超えたか」と呟《つぶや》くと、もう一度ため息を吐き、早口に捲《まく》し立《た》てた。

「俺は千春に借りがあって、日付越えるまでは婚約者役に徹してあんたに恥をかかせるなって約束したから連れてきただけ。はぁ……ただでさえ仕事帰りで疲れてんのに、やめてくれよ……。ってか、『王子様っぽいイメージで！』とか言われたけど、何だよ王子様って。千春と同級生ってことは、もう二十四だろ？　早いとこ目を覚まさないと、いかず後家なんてあっという間だぞ」

あまりのギャップに、絶句した。

もちろん、恋人を演じてくれていると、わかってはいた。

でも、それにしたって――。

「大体、その歳で異性や恋愛に甘ったるい期待してるのが理解できないな。恋愛なんて、結局はギブアンドテイクが成り立たないと続かないだろ。ましてや結婚となったら、お互いウィンウィンじゃないと……社会的信頼度を上げるための人生のオプションみたいなもんだし」

この男は、何を言っているのだろう。

表面的な理想を馬鹿にされるのは仕方ない。当然だ。自分でも、捨てようとしているくらいなのだから。

でも――。

ウィンウィンの関係？

ギブアンドテイク？

人生のオプション？

それなら、一人でいた方がよっぽどましだ。

打算的になることが大人だというなら、ずっと子供のままでいい。

どんなに見た目が、出生が、地位や名誉が完璧でも、愛しあえなかったら、とても一緒にはいられない。

愛情面以外の全てが理想通りの人に、真逆の恋愛観をぶつけられたからだろうか。悲しいわけでもないのに、理解し難い衝撃が涙になって、じわじわと目尻に浮かび上がってくる。

けれど、長時間不本意な演技を続けた疲れと苛立《いらだ》ちからだろうか。

冬吾は涙目になりつつある小鈴に気付かず、とどめを刺そうとでもするように吐き出し続けた。

「あと世間知らずみたいだから教えておくと、あんたの理想？　ってか条件通りの経営者仲間は山ほどいるけど、仕事ができる奴《やつ》ほど野心家で女遊びが激しいし、時間もないから。いつでも構ってくれる男なんて、引退間際か、そこそこの成功で満足して消えてく中途半端な奴くらいだろ」

千春のメッセージに『難あり』と書かれていた理由は、きっとこれだ。

『趣味や価値観があうとか、そういうのはいいの？』

そう聞かれたことを思い出す。

結婚やお付き合いは愛情があってこそ、という価値観は大前提で、わざわざ口にするまでもないと思っていた自分を悔いる。

馬鹿みたいに突っ立っていた小鈴は、なんとか気力を取り戻し、潤んだ目で冬吾を見据えた。

黙って帰ればいいのかもしれない。

でも、こんなに冷たい考えの人が存在しているなんて、どうしても信じたくなくて。

「現実は……そうかもしれません。でも……でも、冬吾さんだって、純粋に愛しあえる女性と一緒になりたいと思ったこと、一度くらいありますよね？　誰かと心から愛しあえたら幸せでしょう？」

「だから。そんなのは幻想だよ。どんなに良い顔して、気持ちいい言葉をかけてくれたって、相手が何を考えてるかなんてわからない。恋愛感情なんて一時の興奮か思い込みで、長く続くもんじゃないだろ」

「っ……でも、だとしても、」

「誰だって、見てくれや肩書きだけで簡単に態度が変わるしな」

「そんなことは、」

「へえ？　今晩のあんたも、俺の恋愛観なんて何も知らないのに、満足そうにしてなかったか？」

「っ……それは……」

「実際今、俺の考えを聞いて引いてるだろ。つまりあんたが喜んでたのは、俺の見た目だけで――」

冬吾が、はっと口を噤《つぐ》む。

やっと言い過ぎたことに気付いたらしい。

でもほとんど手遅れなタイミングだった。

手のひらに爪を立てる。

泣きたくない。

この状況は全て自分の嘘が招いたものだ。赤の他人なのだから、考えや価値観に隔たりがあるのだって、当然のこと。

勝手に、演技通りの優しい人だと思い込んでいた自分が浅はかだっただけだ。

――でもだからって。こんな言い方すること……。

震える唇を嚙《か》み締《し》めて、必死に堪えようとした。

この感情が、悔しさなのか、情けなさなのか、怒りなのかわからない。

でも一粒涙が零《こぼ》れると、彼が本音をぶちまけた影響を受けてか、ぐちゃぐちゃな感情が、ぐちゃぐちゃなまま溢れてきて。

「私だって……私だって、わかってます……っ！　もっと、現実、見なきゃダメなことくらい……っ」

「……お、おい……？」

今の今まで自信たっぷりだった冬吾の声が、初めて狼狽《うろた》えた。

「いやまあ、悪かった。その……あんたのことは理解できないけど、出会いはまだ色々あるだろうし、……」

見当違いのフォローだ。

多分、お互いかなり疲れている。

無理もない。二人ともが、仕事の後、初対面同士で恋人を演じあったのだ。

だからこのまま対話を重ねても、ろくなことにはならないとわかっているのに。抑えが利かないのもまた、疲れているからなのだろう。

「ない、っ……ないです、出会いなんて……。職場に……和菓子を買いに来る人、年配の方とか、ご夫婦が多いしっ……、趣味だって、和菓子屋さん巡り、だし、」

「わ、わがし……？」

ぐし、と手の甲で目を拭った。

彼から慰められたくもないし、これ以上迷惑をかけたくもないのに、一度溢れると止まらなかった。

「それにっ……それに今日は、私、皆に謝るつもりで……っ。か、髪だって、ちょっと切って、服も、謝罪用に用意して……なのに突然、冬吾さんが現れて……っ」

「……え？」

冬吾が遠目に見つめてくる気配があった。

涙と化粧でぐちゃぐちゃになっているのを見られたくなくて、顔を背ける。

「まさか——千春から何も聞いてなかった？」

俯きがちに涙を拭いつつ、こくりと頷く。

「千春ちゃんは、私に恥をかかせたくないって言ってくれてたけど……それきり、連絡なくて……私も、頼るつもり、なかったし、」

「は……はぁあ⁉」

冬吾が、整った顔面に相応《ふさわ》しくない、素《す》っ頓狂《とんきょう》な声を上げた。

「じゃあ待て、つまり——なんだ？　俺がレストランに着いた時って、」

「私……嘘ついてごめんって、謝ろうとしてたんです。いえ、冬吾さんを無視してでも、言うべきだった……。でも冬吾さん、すごく格好良くて、びっくりしちゃって……。みんな盛り上がってるし、冬吾さん、私のこと全部覚えてきてくれてるし、どんどん切り出しにくくなって……」

協力してくれた冬吾にぶつけるべき感情ではないし、言い訳なんてしたくないのに。

もう、何もかもめちゃくちゃだ。

「いや、悪い……。悪かった、ほんとごめん！　俺もあんたの——いや、高梨さんのこと勘違いして、ただ見栄を張るために使われたのかと……。千春からは、とにかく嘘がバレないようにしろって言われただけだったから」

お互い誤解とすれ違いがあったらしいとわかって、より一層情けなくなって、首を横に振った。

「私こそ……お疲れのところ、助けてくださったのに、気持ち悪い勘違いしちゃってすみません。今日はありがとうございました。食事代やお礼は、後で千春ちゃんに渡しておきますから」

これ以上じめじめと泣いていたら、冬吾を更に疲れさせるだけだ。

何より、早く一人になりたい。

重ねて謝罪を伝えて頭を下げ、冬吾の横をすり抜けようとすると、ぱしっと手首を掴まれた。

「っ……な、なんですか、」

「んなぐっちゃぐちゃな顔のまま帰すわけにいかないだろ。誤解してたとはいえ……言い過ぎた。今日は商談が上手く進まなかったのもあって……」

「いいえ、私の嘘が発端ですし。夢見がちなのも、現実見なきゃいけないのも、冬吾さんの仰《おっしゃ》る通りですから」

手を引こうとすると、更に強く握り締められる。

こんな状況なのに、神がかった美貌にドキドキしてしまう。

それは、『誰だって、見てくれや肩書きだけで簡単に態度が変わる』という冬吾の言葉通りで、自分の薄っぺらさにまた泣きたくなった。

このセレブな別世界にいると、自分の愚かさを突きつけられて情けなさが増していくばかりだ。

「とにかく、もう終電過ぎてるし泊まっていって」

「いいえ、歩いて帰ります」

「この寒い中？　家までどれだけあるんだよ」

「いいんです、頭冷やしたいから」

「この周辺は深夜も人が多いからかえって危ないって。どっちにしろ一晩泊まらせるつもりだったし、俺はソファーで寝るから、ベッドルーム使って」

「ありがたいですけど、子供じゃないですし、大丈夫ですから」

「万が一高梨さんに何かあったら、千春に殺される」

「っ……」

埒《らち》があかない。

多分、お互い意地になっている。

全力で引っ張っても男性の力には敵《かな》わなくて、もっと泣きたくなって。

「じゃあ……残ったら、抱いてくれます？」

「……はい？」

やけくそだ。手を離してくれるなら、もうなんだってよかった。

一晩一緒に過ごすのも嫌になるくらい相容《あいい》れない人間だと示せば、解放してくれるはず。

「千春ちゃんから、聞きませんでした？　私、処女なんです」

「は……、……え？」

やっと、冬吾の握力が少し緩んだ。

突然何を言いだすんだこの女は――そんな顔だ。

整った顔の後ろには、絢爛《けんらん》なシャンデリア。

御曹司で社長で。

背が高くて、気遣いは完璧で。

でも、愛情を信じていない、理解しあえない人だとわかっているから、どう思われようが構わない。

「バカな理想を捨てられないのは、処女をこじらせてるせいもあるんです。だから……抱いてくれるなら残ります。冬吾さん、見た目だけなら理想通りですし。そうでなければ、……私が襲っちゃうかも」

全然好みじゃない面倒な女でしょ？　と自嘲気味に見上げると、案の定冬吾は動揺した様子で、何やら考え込みはじめた。

摑まれたままの手首から、じわじわと彼の体温が染み込んでくる。

――早く、離してくれないかな……。

――朝まで反省して、友達一人一人に謝罪の連絡して……。

――千春ちゃんにも、お兄さんに酷いこと言っちゃったって謝らないと……。

「それ。叶えてやったら、俺の頼みも聞いてくれる？」

「……え？」

今度は、小鈴が動揺する番だった。

からかわれているのかと思った。

でも冬吾の顔は真剣だ。

「今度、起業家や経営者の集まるレセプションパーティーがある。そこに次の事業で協力を仰ぎたい、外国人雇用の内情に詳しい人間が参加するらしくて、名刺交換したいんだけど……この手の集まりは、女性が言い寄ってきて仕事どころじゃなくなるから――」

話の飛躍にたじろいでいると、とんでもない頼みごとが飛び出した。

「高梨さんに……小鈴に、恋人役をやってほしい。つまり、役割も目的も今日の逆。女避《よ》け」

「は、…………」

手首はまだ、摑まれたままだ。

いくら女性が言い寄ってくるといったって、名刺交換くらいできるんじゃ、と思う。

でも一番引っかかったのはそこではない。

冬吾の出してきた条件は、セックスよりもずっと気楽なことのように思われた。

つまりセックスは――大人の関係というものは、やっぱり、小鈴が特別視して夢を見ているよりずっと、身近で簡単なものなのだろう。

「自棄《やけ》になって言っただけなら、今言って」

「っ……！　そ、そんなんじゃ、……」

つい反論したけれど、本当は図星で、早く帰りたいだけだった――筈だ。

本当にそんな展開になるわけがないから、言えたことのはず。

冬吾の視線が、小鈴の頭の向こう側へちらりと流れた。

もしかすると、自分の背後に寝室があるのかもしれない。

ギブアンドテイクが信条で、恋愛観の冷めきった人だ。

愛情で結ばれた関係なんて、これっぽっちも信じていない人。

きっと夜の行為も、物理的な触れ合い程度にしか思っていない。

それなら――淡々と後腐れ無く終わらせてくれれば、『どんなに理想的な相手とシチュエーションが揃っていても、現実はこんなものなんだ』と思えて、過度に夢を見ることもなくなるのかもしれない。

――私は、変わりたい。

――もう、劣等感から嘘をついて、誰かに迷惑をかける自分なんて嫌。

――親の躾のせいにして、何も行動しない自分も嫌。

――今勇気を出せば。行動すれば。きっと、明日の私は……。

「高梨さん？　どうする？」

本心を確認するように見つめられた。

手首を摑んでいた冬吾の手はいつの間にか離れている。いつでも帰れる。

でも小鈴は——意を決して、冬吾を見つめ返した。

順番にシャワーを浴びてベッドルームへ移動すると、クイーンサイズのベッドが二台、ピッタリ密着した状態で鎮座していた。

普段の小鈴なら、

『わぁ～！　豪華～！　お姫様になったみたい～～』

なんてアホ丸出しでダイブしてゴロゴロ転がっていただろうけれど、今ばかりは妙に淫《いん》靡《び》な物体に見えて、近付くことが躊躇われる。

先にベッドに腰掛けていた冬吾に、「ん、」と首を傾《かし》げて隣を促されると、猛烈に逃げ出したくなってきた。

バスローブを羽織った冬吾は、スーツ姿の時とはまた違った、超絶に艶《なま》めかしい色気が漂っている。

豪奢な部屋を霞ませるオーラは〝キラキラした王子様〟というより、全てを従える〝傲岸不遜な王者〟と表現する方がぴったりだ。

そんな印象のせいか、自分から頼んだくせに、

――私、これから食べられちゃうんだ……。

なんて、彼のエサか、慰みモノになったような気さえしてくる。

――いやいや、大げさに考えすぎだって。

――突き詰めれば、エッチって、単なる物理的な接触だし……？

――さっき手を握られたのと同じで、その場所が変わるだけ……！

――触れ合う場所が、ちょっと特殊なだけだから！

強引に自分を説き伏せつつ、冬吾に斜めに背を向ける形で、ベッドの端にちょこんと腰掛けた。

「……何だよその距離」

王様のピリピリとした不機嫌な声に、びくっと肩がこわばった。

「いやっ……え、ええと……す……スリッパ！　そう、スリッパを、ここに、すみっこに、脱いでおこうかと……！」

ＡＩよりもぎこちなく答えながら、心の中で『しまったぁ！』と頭を抱える。

裸足《はだし》でベッドに乗り上げたら、今の状態よりも、展開が一段階先に進んでしまうではないか。

ろうか。


「じゃあ脱いで、こっちきて」

「は、……はい……」

二十四年の人生の中で、〝脱ぐ〟という言葉が、今ほど特別に聞こえたことがあっただろうか。

素っ裸になれと言われたわけでもないのに、はぁはぁと息が上がってくる。

胸に手をあてて、こっそり深呼吸をしていると。

「……あのさ。ここまで来て、やめておくってのは無しだからな？」

再び、びくっと震えたのがバレたのかもしれない。

斜め背後の冬吾が、ぷっと噴き出して、くすくすと笑いはじめた。

思わず振り向くと、余裕たっぷりの笑顔で小鈴を見ている。

「冗談だよ。別に、無理矢理《むりやり》取って食いやしないから。こっち来な」

「っ……か、からかいました？」

「いや？　なんかこう、シリアスな雰囲気の方がいいのかと思って。でもやめとこうか」

「……シリアスっていうか、疲れて怒ってるのかと……」

経験の差を見せつけられているようで居たたまれなくなったけれど、おかげでほんの少しだけ緊張が解けた気がする。

えいやとスリッパを脱ぎ、ベッドに乗り上げて、バスローブの裾を押さえつつ冬吾に近付く。

「相手が俺で良かったな？　普通ならこんなもたもたしてないで、美味《おい》しくいただかれてる。まさかシャワーに一時間もかけるとは思わなかったし……ちょっと寝そうだった」

「す、すみません……」

恋人ではないけれど、人生でたった一度の初体験なのだ。肌を隅々まで磨かずにいられなかった。

一方、冬吾は相変わらずの余裕っぷりだ。

王様は、目の前にエサがあるからといって、がっついたりはしないらしい。

――まあ……当然だよね。

――冬吾さんの容姿と家柄、経歴を持ってすれば、美女が入れ食いだろうし。

――二十四まで処女だった女なんて、喋る残飯、気晴らしの食料その一、って感じなのかも……。

セレブのようなエステ通いなんてしていないし、女性らしいくびれや膨らみに特別恵まれているわけでもない。

食べてもらえるだけでありがたいと思う反面、ちょっとだけ悲しかった。

「まあとにかく、もたもたしてると朝になりそうだから……」

冬吾は片脚を乗り上げると、小鈴の腰に軽く手を添えて――ゆっくりと顔を近付けてきた。

睫毛《まつげ》が長い。

まだ少し湿って見える前髪が、涼しげな目元に落ちている。

彼の完璧さを知ると動悸が酷くなる一方なのに、目を離せない。

冬吾の手が、仙骨《せんこつ》の方へ滑っていく。

ドラマや映画で見たように顔が傾いて、唇が近付いてくる。

小鈴もまた、冬吾が近付いてくる速度にあわせて、ゆっくりと仰《の》け反《ぞ》って、仰け反って――仰け反った。

「…………」

「…………」

身を乗り出したまま動きを止めた冬吾が、片目を細める。

仰け反り続けた小鈴は、いつ後ろに倒れてもおかしくない角度だ。

「えっと。キスは嫌い？」

「いやっ……そういうわけでは、ないのですけれども……！」

好きも嫌いもない。

したことがないのである。

冬吾はまさか、キスまで未経験だとは思いもしないのだろう。

「……もしかして臭う？　さっきにんにくの入ってる料理食べたっけ？」

「えっ……いえいえいえ‼　違います！　冬吾さんのご尊顔が、ええ、あまりに眩しいと申しましょうか……！　あの、なんというか、ささっと、処理というか、作業的な感じで済ませてくだされば大丈夫ですので……！　お疲れのところ申し訳ないですし、キスとか触ったりとか、なくていいです……！」

そもそも、愛を囁きあう関係でもない。

ただの契約、交換条件なのに、雰囲気たっぷりのキスをされたところで、どう反応をすればいいのかわからない。

もっといえば、理想を上回る男性に手取り足取り優しく触られたら、いくら価値観があわなくても、後々、ちょっぴり切なくなってしまう気がする。

だから恙無《つつがな》く済ませてくれればいいのに。

「初めてなんだから、傷つけるわけにいかないだろ。それに男の身体にだって都合がある。そんなガチガチに緊張されてたら……」

「そういうもの、ですか……」

冬吾は腰に添えていた手を離して仕切り直すと、かちこちに固まった小鈴を見つめて腕を組んだ。試験問題でも解くような目でじっと観察されると、ただただ居心地が悪い。

「あの……どうすれば、いいでしょうか……」

深夜に、異性と二人きり。

ベッドで向き合って、こんな間抜けな質問があるだろうか。

品定めする視線に耐えきれず俯くと、冬吾がぼそっと呟いた。

「……さっきの、レストランみたいな感じでいくか」

「え？」

冬吾の両手が、今度は両頬に伸びてきた。

むにゅ、と挟まれて、にっこり微笑《ほほえ》まれる。

「小鈴」

直前までの、低く鋭い声とは違う。

少し上擦った、甘くて丸い声。

不遜な王様から、瞬時に柔和な王子様に変化していて。

演技だ。もうわかっている。

仮に本当に恋人になっても、こんな無垢《むく》で無防備な笑顔を向けてくる人じゃないと思う。なのに。

──私、単純すぎる……。

どっ、どっと心臓が大げさに脈打ち、あっという間に指先まで熱くなった。

「今日は小鈴の友達を紹介してくれて、ありがとな。小鈴のことが沢山わかって嬉しかった。頑張って働いて、疲れただろ？　俺が癒《いや》してあげる」

ちゅっ、と可愛く唇に吸い付かれて、一瞬にしてファーストキスを奪われていた。

不意打ちを許してしまったのは、演技に油断したせいだとは思いたくないのに、冬吾が不敵に笑う。

「やっぱり、効果抜群だな。そんなに俺の顔面が好き？　それとも甘い言葉？」

「っ……あの、そういう演技は、もういいで……んむっ……!?　んん、っ……！」

ふにゅ、と唇に柔らかいものが触れた。

ありえない距離に、冬吾の顔がある。

頬に添えられたままの両手に阻まれて、逃げられない。

鋭い瞳と唇に閉じ込められて、直視していると心を焼かれそうで瞼《まぶた》を閉じた。

でもそうすると、冬吾の唇の感触と動きを、より密に感じてしまって。

「ん、っ、ん……、んん……っ！」

優しく啄《ついば》むだけのキスは、次第に淫らな動きに変わっていった。

唇が捩《よじ》れるほど押し付けられて、粘膜が触れて、舐められて、吸われて、軽く齧《かじ》られて。

両手が耳に移動していくと、濡《ぬ》れた音が少し遠くなった。

淫らな音は聞いているだけでドキドキしてしまうから、耳を塞がれるのはありがたいと思ったのに、耳を、髪を、首元を擽《くすぐ》るように撫《な》でられて、じわっと唾液がこみ上げてくる。

「んっ、んんっ……!?」

ゾクゾクする刺激に気を取られている間に舌が潜り込んできて、口内を辿《たど》られた。

冬吾の舌は、熱かった。

小鈴より厚くて大きくて、彼が男性で、全く違う身体の作りをしていることを意識してしまう。

「ん、ん……っは、とう、ご、っんん……！」

しんとした寝室に、小鈴の熱く湿った吐息と、舌が絡み合う微《かす》かな水音だけが続いた。

初めてのキスだから、比較なんてできない。

でも冬吾のキスはやたらと熱心で、真面目そのものという感じがした。

一方的なやり方の方がよほど彼らしいのに、常に小鈴の反応を窺《うかが》って、けれど臆病な動きは一切見せない。

的確かつ大胆に、心地良いところを探り当てながら深めてくれる。

「っん、……ふ、……んぁ、っ、ぁ、耳、っ……んんっ……」

小鈴もいつの間にか集中しはじめて、唇が、舌が、指先で弄《いじ》られている耳が、自然と敏感になっていった。

唾液が混じり合い、擦《こす》れるだけで気持ちいい。

少し酸欠になりかけているのか、頭がぽーっとして、鼻の奥から甘い声が漏れて、与えられる刺激に溺れはじめる。

――キスって……こんなに、きもちいいの……？

――でもなんで、好きでもないのに、こんな、長いキス……。

十分か二十分か、一体、どれだけ続いたかわからない。

時々、息継ぎを促すような一瞬の休憩を挟みながら、冬吾は飽きた素振りも見せず、根気強く小鈴の性感を育ててくれた。

「っ……ふ、は……ぁ……」

ゆっくりと唇が離れた時には、口の中が寂しい、とすら感じてしまって。

これだけ気持ちいいのだから、冬吾も同じ感覚なのかもと思ったのは、やっぱり初心だからなのかもしれない。

閉じていた瞼を開けると、冬吾の目は冷静そのものだった。

もしかしたら、キスの間、ずっと反応や変化を観察して、計算していたのかもしれない。

自分だけ感じていたのが恥ずかしくて離れようとしたけれど、耳を指先で挟んでくにくにと弄られると、途端に快感に支配されてしまった。

「あ……っ……」

「目が潤んで、エロい顔になってる……。緊張、解けてきたな?」

笑みの形を作った唇は、相変わらず優しい演技を続けている。

でも視線は、依然として小鈴を冷静に分析していた。

「っ……どうして……こんな時に、恋人の演技なんて、できる……きゃっ、」

優しく押し倒されて、腰の上に乗られた。

満足げに見下ろされると、いよいよ食事として差し出されたような気分になってくる。

「照れて動揺してる反応、面白いし。この方がスムーズにいきそう」

腰で結んでいたバスローブの紐《ひも》に手をかけられて、慌てて押し返す。

「あ……!　ま、待ってください。下着着けてないからっ、心の準備……っ」

あっという間に解かれて、前を開かれた。

膝を寄せて陰部を隠し、慌てて腕で胸を覆おうとするも、両手を握ってシーツに押さえ込まれ、全身を隅々まで観察されてしまう。膝を左右に開かれなかったことだけが救いだ。

「っ……やだ……はず、かしい……」

「こんなに綺麗なのに、なんで？」

「だからっ、そんなお世辞、いいので……！」

「お世辞じゃないよ。小鈴、本当に綺麗」

「っそん……な……もうやだ……」

自分の身体がどう見えるか、人に評価を受けたのは初めてだった。

演技の延長だとわかっているのに、胸を見下ろしながら褒められた途端、じん、と乳首に痺《しび》れが走って戸惑う。

顔を横に逸《そ》らすと、耳元にちゅっとキスを落とされた。

「ふぁっ……」

「今度恋人役やってもらう時は、今日みたいにフォローする余裕ないから。少しは彼女っぽく振る舞えるように、俺に慣れておいて」

「え……あっ……ぁあ……！」

冬吾の唇が首筋を這《は》い、右胸へ下って、ぱくりと乳首を含まれた。

ちゅぱ、ちゅっ、と下品な音を立てながら吸われると、キスで緊張が抜けていたせいなのか、すぐに胸の先が熱く疼《うず》きはじめた。

「ゃ、っ……！」

息が乱れていくのが怖くて必死に抑えていたのに、舌で摩擦されると情けない声が漏れて、冬吾が嬉しそうに顔を上げる。

「すぐ硬くして、可愛い声上げて……小鈴の身体は、素直で扱いやすいな。弄りがいがある」

「なっ、な……あ……！」

答える間もなく再び乳首を含まれて、小鈴は反射的に、冬吾の手をきつく握り返していた。

キスと同様、冬吾の愛撫《あいぶ》は丁寧だった。

少しずつ舌の動きを変えて、小鈴がぴくっと身体を震わせて、声を漏らすようなやり方ばかり繰り返してくる。

何度も微調整を繰り返されると、はじめは擽ったさ混じりだった愛撫が洗練されて、いつの間にか快楽しか感じなくなっていた。

「っふぁ、っ……、んぁ……ぁあ……ぇうっ……」

媚《こ》びるべき相手ではないのに、鼻にかかった声が止まらない。

両手で口を覆いたくても、冬吾は指を絡めたまま親指で小鈴の手の甲を撫でて、あやしてくる。

「うく、っ……ぁあ……！」

吸いながら舌でざらざらと摩擦されると、たまらない痺れが下腹部に駆け抜けた。

どんなに身を捩ってもしつこくしつこくしゃぶられて、どんどん硬く、敏感になっていく。

「ぁ……まっ、て……そこ、ばっかり、っ……」

まだ一度も触られていない左胸まで血が集まり、腰が切なく迫《せ》り出《だ》した時。

擦り合わせた膝の奥で、とろりと流れ落ちた感触があって我に返った。

――え……、あれ……？

――私……脚の、間……？　濡れてる……？

「と、っ……とうご、さ……もぅ、っ……も、いいっ……」

握られた手を押し返したけれど、滲んだ汗がぬるついただけだった。

身悶《みもだ》えたせいで髪が目元にかかって邪魔なのに、それを払うことすらできない。

「手、はなして……、はな、っ……きゃぁ、っ……！　ぁあ……！」

やっと片手が自由になったと思ったら、今度は左胸を掴まれ、ずっと疼いていた乳首をきゅうっと摘《つま》んで捏《こ》ねられた。

「ぁあぁあ……！　やら、っ……りょうほう、っふ、ぅ、ぅう……！　もぅ、胸、っ……ぁあ……っ」

両胸に同時に刺激を受けると、倍以上の快楽が押し寄せて、小鈴はビクビクと四肢を、つま先を引きつらせ、シーツを乱した。

冬吾の頭を押し返そうとした手は、いつの間にか彼の髪を緩く掴んで、切なく震えるだけになっている。

もたもたしていたら朝になりそうだと言ったのは冬吾だ。

なのにキス以上に長く弄ばれて、お腹《なか》の下にひたすら重たい熱が溜まっていく。

「ん、っ……ぁ……！　ぁあ……！」

下腹部の疼きが悪化するに従って膝が開き、腰がかく、かくっと浮き上がりはじめて、このまま続けられたら、自分が自分ではなくなってしまいそうで。

「ふぁ、っ……や、あ……もういいっ……いいから……っ、やだ、っ、やだぁ……！」

懇願を無視されると、いよいよ虐《いじ》められているような気分になってきた。

——なんで……、なんでこんなに、するの……？

──私の反応が、面白いから……？

──ただの交換条件なのに。こんなに、愛してるみたいにする必要……。

「あ、ぁあぁ、ぁあ……っ」

涙が滲み、息が切れて、喘《あえ》ぎ声が弱々しい泣き声に近くなると、やっと冬吾が離れていった。

「あ……ぁ……」

かくついていた腰が、くたりとシーツに沈み込んでいく。

でも陰部は激しくひくついたまま、愛液が止まらなくなっていた。

ローブで隠したくても、全身が腫れぼったくて、泥の中を這っているように上手くいかない。

息を切らしながら冬吾を見上げる。小鈴の手でぐしゃぐしゃに髪を乱されたにもかかわらず、彼の魅力は損なわれていないどころか、更に色香が増していた。

「真っ赤になってて、可愛い。ここだけ、果物みたいだな」

悪戯《いたずら》を楽しむのと似た感覚なのだろうか。冬吾は妖艶に笑いながら、指で両胸の乳首を膨らみの奥へ押し込んでくる。

「あっ……！　ぁあぁ……っ……」

「どうなるかと思ったけど、感じてくれてよかった」

今度は摘んでくにくにと圧迫されて、また腰が浮いて、臀部《でんぶ》の方まで滴っていることに気付いてしまう。

「あんっ……！　ぁ……こんな、しなくて、いいです……私が、慣れてないからって……おもしろがらないで……」

「面白がる？　一緒にすることなんだから、ちゃんと気持ちよくなってもらうのは、男の責任だろ？」

「せきにん……？　て……あ……！」

やっと胸から離れてくれたと思ったら、今度は両膝を思い切り左右に割られた。

慌てて閉じようとすると、言うことを聞けとばかりに、更に大きく開かされる。

「やっ……、やだっ、そんな……っ」

「よかった、濡れてる。ひくついて……すごいな。ずっと理想の相手が現れなくて、欲求不満だった？」

「え……、あ……あぁあっ……!?」

冬吾は小鈴の脚の間に這いつくばったかと思うと——一瞬も躊躇わず、陰部に舌を這わせはじめた。

「なんっ……なんで、っなん……ぁあ……！」

蜜を舐め取るように下から上へと繰り返されて、小鈴は今度こそ全力で頭を押し返す。

でもそれ以上の力で太腿を押さえ込まれ、がっちりと固定されてしまった。

「ぁあ……！　あ……！　も、もうい、こういうの、いいっ……んぁあ……⁉」

陰核を吸われた瞬間、全身にびりびりと痺れが走った。

情けない声が漏れて、状況を把握するよりも先に頭の中が白く霞んでいく。

「やっ……なに、っ……、舌、それ、っ……んぁ、あー……！」

胸と同様に、どんなに小鈴が取り乱して喘いで身体を捩っても、冬吾は離れてくれなかった。

ひたすら汚い場所にしゃぶりつき、じゅるじゅると音を立て、淡々とした舌の動きで翻弄してくる。

「あ、ぁあ、あっ……？」

そのうちがくがくと腰が震えて、膣が痙攣《けいれん》をはじめた。全てを心得ているタイミングで、膣口に舌より確かな感触が触れて、濡れた縁をぐるりと辿られる。

「あ、ぁあ……？　あー……！　はふ、っ……ぅ……！　とうごさ……なんっ、なに……あっ……！」

潜り込んできたのは、どうやら指のようだ。

痛みはなかった。

だから早く、もっともっと先に進めて、さくっと全部終わらせてほしい。

なのに冬吾は相変わらず舌でねっとりと陰核を捏《こ》ね回《まわ》し、挿入した指でお腹の方を探ってきた。

「んぁ、……っ、……？　ぁ……？　ぁぁ……？」

内側から引き出される官能は、剝《む》き出《だ》しの陰核で感じる過激な快感とは違った。

幸福としか表現しようのない感覚がじわじわと全身に広がって、本当に愛されている錯覚までしはじめて、怖くなってくる。

「冬吾、さん……もう、っ……も、はやく……さいごまで、おわらせて……あっ……！」

耐えきれずにねだると、やっと脚の間から離れて指を抜いてくれた。

「……感じてるのに、なんでだよ？」

心底不満げな冬吾が、わからない。

腰がびくびく引きつってしまうのも、膝を閉じたいのに上手くいかないのも、もっと続けてほしかったのに、なんて矛盾したことを思ってしまうのもわからない。

「まだ指一本しか入れてないし、無茶《むちゃ》したら怪我《けが》させるだろ」

髪を撫でながら甘く囁かれると、またドキドキして、理想を夢見たくなってしまいそうで。

「お……お気遣いは、ありがたいです。でも今は……エッチって、こんなものなんだって、思えればいいので、」

「お気遣いって……。わかったよ。ほんとにいいんだな？」

冬吾は渋々といった様子で、ポケットから何やら取り出してからバスローブを脱ぎ、裸になった。

逞しい胸板と割れた腹筋に目を瞠りつつ、視線は自然と男性器に吸い寄せられていく。

ごく、と喉が鳴ったのは、もちろん、男性に飢えているからではなくて。

――でっ……、……か…………。

――え？　……え？　こんな大きいの？　これ入れるの？　今から？　……私の中に？

興奮してくれていてよかった、という安堵《あんど》より、驚愕《きょうがく》が先にきた。

長さも太さも体積も、ほとんど凶器だ。

つるりとした先端は濡れててらてらと光り、大きく雁首《かりくび》が張り出して段差が形作られている。太い幹には血管が絡みつき、鈴口からつうっと糸を引く先走りは涎《よだれ》のようだ。

凝視したまま硬直していると、冬吾が片手で握って軽く扱いた。それだけでまた、更に膨張したように見える。

「触ってみる？」

「…………はいっ？」

「また緊張してるだろ。好きあってるわけでもないし、わけわかんないもんが自分の中に入ってくるって、怖いんじゃないかと」

触れば身近に感じて、恐怖が薄れるだろう、ということだろうか。

理屈としてはわかる気がする。が、むしろ触る方が余計に緊張するのではないだろうか。硬さだとか大きさを、生々しく感じてしまって。

「あ、ありがたいお申し出ですが……！　か、覚悟はできてますのでっ……！」

「……覚悟ね」

冬吾が、ポケットから取り出したものを——コンドームの個装を開けて、器用に装着した。

見ているほど身構えてしまう気がして、凶悪な大きさから視線を逸らす。直後、ベッドに両手をついて伸《の》し掛《か》かられた。

「っ……！」

ぬるっと、性器が擦れあう。反射的に身体がこわばると、冬吾が囁いた。

「……ゆっくり息して。力抜いて」

甘い演技だ。

今ばかりは、それに縋《すが》りたくなった。

冬吾を信じて静かに深呼吸をする。

じっと見つめられて顔を逸らしても、なお視線を感じた。

もしかしたら、呼吸をあわせようとしてくれていたのかもしれない。

息を吐ききった瞬間、冬吾が腰を進めて、ぐっと膣口が圧迫された。

「あっ……」

そこそこ強く押し当てられている気がするのに全く入ってくる気配がなくて、あれ？　と思う。

――大丈夫、大丈夫……。

――だって、赤ちゃんが出てくるわけだし？　物理的には問題ないし……！

自分を励まして、震えながら深呼吸を続ける。

息を吐ききるたびに、ぐ、ぐっと冬吾が腰を押し付けてくる。

「……、…………入んのか？　これ……」

「…………」

やめてほしい。
突然素《す》の声で、そんなことをぼそっと呟くのは。
また何度か確かめるように腰を迫り出されて、でも小鈴の膣口は、固く閉ざされたまま
びくともしない。
繰り返しているうちに、亀頭がぬるっと上へ滑って陰核を弾かれた。
「ひぁっ……！」
「っ……、……小鈴、こっち。俺を見て」
冬吾がもう一度、性器に手を添えて膣口に充《あ》てがってくる。
改めて見上げると、冬吾も額にうっすらと汗を浮かべて、真剣な顔をしていた。
誤魔化すようなキスをされて、でもそれは一番はじめのキスよりも優しくて甘かった。
きっと緊張を解こうとしてくれている。
だから小鈴も、自分からおずおずと舌を差し出して応えようと努力すると、ちゅっと吸
ってからかわれて、すぐに唇が離れた。
悪戯っぽく片頰を上げている冬吾は妖艶で、思わず魅入られた瞬間——。
「あ……、あっ……!?」
きつく窄《すぼ》まった膣口が、違和感のある形に押し開かれていく。

「小鈴、可愛いよ。可愛い……」

もしかしたら、冬吾も必死なのかもしれない。

その場凌《ばしの》ぎの、取ってつけた演技に見えた。

小鈴の意識を痛みから逸らすのが目的なのだろう。唇にちゅ、ちゅっ、とじゃれあうキスを繰り返されて、同時に圧迫が強くなって。

「っ……、ぅ、……！」

痛い。

というより、粘膜が引っ張られて、裂けそうで、熱い。

その熱さの裏に、とんでもない痛みの予感が潜んでいる。

無意識に冬吾の腕にしがみつき、両膝が閉じて、拒みかけた。

「……痛い？　まだ全然入ってないけど……」

「っえ……、嘘、だって、」

こんなにきついのに⁉　と言いかけて飲み込んだ。

ちょびっとくらいは、先の方がめり込んでいるのかなと思っていたのに。

こうなったら、いっそ思い切りやってほしい。

初めては痛いものだと聞くし、元から出血なんて覚悟の上だ。

なのに冬吾は誤魔化すキスを繰り返して、弱った顔で小鈴の頭を撫でてくるばかりで。

「濡れてはいるから、ローション云々じゃないと思うし……やっぱりもう少し、指で慣らさないと……」

「え……」

あれだけ完璧な恋人を演じて、王様みたいな余裕の顔で身体に触れてきたくせに。

ここまで来て気弱になられても、困ってしまう。

——っ……なによ、意気地なし。

そうやって、内心で冬吾を責めるふりで、小鈴は自分自身を叱咤《しった》した。

——こんなの、注射と同じでしょ。

——ぶすっとやっちゃえば、終わるもので……！

「っ……き……気弱なこと、言わないでくださいっ……！」

「わっ……！」

ぐいっと、両腕で冬吾の首を引き寄せた。

そのまま入って来てくれれば話は早いのに、またもやぬるっと滑って、陰核と擦れてしまう。

「ひぇあっ……！」

「っばか、焦るなって、」

「全然痛くないですし、平気だから……！　一気にしてください……っ」

視線に本気を乗せると、初めて冬吾が怯《ひる》んだ。

「……一気にっていったって、」

「恋人のフリはしてくれるのに、どうして聞いてくれないんですか」

「あのな。それとこれとは……」

整った眉が歪《ゆが》んで、眉間に皺《しわ》が寄る。

冬吾はちらりと下腹部に視線をやり、それからもう一度、小鈴の目を見た。

強い意志を乗せた分、睨《にら》んでいるように見えたのかもしれない。

「……わかった、わかったって。そこまで言うなら……交換条件だからな」

全く納得のいっていない顔だ。

それでも冬吾は、もう一度性器に手を添えて、もう一度息をあわせて――小鈴の望み通り、容赦なく腰を進めてくれた。

「あ……っ、ぅ……！」

再び火傷《やけど》しそうな熱さに襲われて、反射的に竦《すく》み上《あ》がる。

「ねえ、いいから、いっきに、」

「っ……わかってるって」

冬吾が僅かに腰の角度を変えると、今度こそ膣口にねじ込まれるような感覚があって目を閉じる。

「っんぁ……！　あ……！　い、っ……！」

思わず『痛い』と呻きかけて、ぎゅっと唇を噛《か》んだ。

更なる痛みに備えて、引き寄せた冬吾の肩に爪を立てて息を止め、目を閉じる。

でも、いつまで経《た》っても痛みはやってこないまま――冬吾の身体が、ゆっくりと離れていった。

「あ……、……？」

目を開くと、冬吾が気まずく視線を逸らす。

「……悪い、今日は無理かも……」

「え……」

彼は小鈴の答えを待たず、コンドームを外していく。

その手元を見ると、男性の形は、明らかにさっきと違って――萎えはじめていて。

「あ……なんで……」

――私が慣れてないから？　冷めちゃった？

――それとも、魅力的じゃないから……？

冬吾は外した避妊具を、ぽいとゴミ箱へ投げ入れた。

それから呆然とする小鈴に複雑な顔を向けて、バスローブを着せてくる。

その手つきには、身体の変化とは異なって、小鈴を否定する気配は一切ない。

「なんでって……痛がってるのに無理矢理なんて、できるわけないだろ」

「え……？」

「犯してるみたいできついって」

すぐに理解できなかった。

だって、恋愛はギブアンドテイクがいいと言うからには、相当淡白な人だと思っていたのに。

「……処女で、面倒だったからじゃない……？」

「はあ？？」

今度は冬吾が驚く番だった。

中途半端に口を開けたちょっと間抜けな顔に、初めて親近感を覚える。

「そんなわけあるか。二人ですることなんだから、お互いに気持ちよくなきゃ意味ないだろ。小鈴が気持ちよくないと、俺も気持ちよくない」

「……そういうもの、ですか」

冬吾が苦虫を嚙み潰した顔をして、バスローブを羽織った。

ああ、本当に終わりなんだと情けなく思う反面、大切に扱われてるような錯覚が擽ったくて、決して悪い気はしなくて。

「あのなぁ、オナニーじゃないんだぞ……。仮に入ったとして、あのまま動いたらもっと酷いことになる。俺、泣いてる子を押さえつけて、流血してる中を揺さぶる趣味はないから」

焦っていたとはいえ、酷な要求をしてしまったのかもしれない。

それにしても、冬吾の恋愛・結婚観と今の気遣いにはギャップがある気がして、いまいち飲み込めなかった。

もちろん、冬吾が嫌なことを無理矢理させたいわけではないのだけれど。

「……でも、その。女性の初めては、痛いもの、ですよね……？　だから、ある程度は仕方ないんじゃ」

おずおずと聞いてみると、冬吾は呆《あき》れを隠さずに肩を竦《すく》める。

「程度ってものがあるだろ。入れようとするだけで泣きそうになってるのに……」

冬吾は途中で口を閉ざすと、じっと小鈴を見下ろしてきた。

「小鈴さ。どうやって、どのくらい動くかわかってる？」

「う、動く？」

「あー……AVとか見たことは？」

「えっ……⁉　え、と……」

口ごもると、冬吾は「まあ夢見がちだったんだもんな、当然か」と苦笑した。

馬鹿にされている感じはしない。

それどころか、恋人として甘やかされているような、妙な空気が漂っている気がする。

「納得いってないみたいだし。ちょっとやって見せておこうか。どうやって動くか、擬似練習」

「ぎじ？　って……あっ！」

冬吾が、着せたばかりの小鈴のバスローブの前を開き、自らも腰の紐を解く。

両膝を胸の方へ押し付けられ、陰部が丸見えの状態にさせられて、まだ湿ったままの性器がぬるりと触れ合った。

「っ……！　な、なっ、何、っ……」

「いや、入れようとしてるわけじゃないから」

冬吾が笑う。

そんな心配をしたわけではない。驚いただけだ。それに行為真っ最中の緊迫感が一度解けた後だと、また別の恥ずかしさがあった。

両手を握ってシーツに押し付け、覆《おお》い被《かぶ》さられる。

ただの練習なら手を握る必要なんてない気がする。その上わざわざ、格好良い顔を見せつけるようにキス寸前まで顔を近付けて、小鈴の心臓を虐めてきた。

「今、俺が小鈴のお腹の中に……奥の奥まで、入ってると思って。いい？」

耳元で甘く囁きながら腰を前に突き出し、中途半端に芯の残っている性器で、くちゅりと花弁を擦られる。

「っひ……」

「いい？　想像できた？」

愛撫のような囁きから顔を背けて、こくこくと何度も頷く。

「入れたらまず、愛液が馴染《なじ》んで、小鈴のナカが俺の形になって、隙間なく絡みついてくるまで、じっくり待って……」

どんなに顔を背けても、冬吾の唇が耳にまとわりついてくる。

睦言《むつごと》ではないのに、熱い吐息と空気の震えに、びくびくと感じてしまうのが情けない。

その上、ただ想像しただけで膣がむずむずと充血して濡れてしまって、ふっと笑われた。

「で、はじめは、こう……」

「あ……」

冬吾が小さく腰を前後させると、ぬるりと性器が擦れあう。

「これもまだ、奥に入れたまま、馴染ませてるだけ」

小鈴は目を閉じて何度も頷いた。恥ずかしすぎて、そうすることしかできなかった。

「で、小鈴が苦しくなくなって、中が疼いて、我慢できなくなってきたら……」

冬吾が、動きを変えた。

ゆっくりと、大きく腰を前後させ、リズムを刻みはじめる。

目を見開いて思わず下の方を見ると、冬吾は腹筋を引き締めながら、腰だけを器用に、淫らに前後させている。

「っ……あ……！　あ……っ⁉」

本能的に、男の人の——雄の動きだと理解して、ぎゅうっとお腹の奥が引きつった。

「ひぁ、っぁ……！」

花弁がぬちゅぬちゅと擦れて、恥骨や陰核まで刺激されると、自然と身体が跳ね上がる。

「っん……気持ちいいところ、あたっちゃうな。もう少し我慢して」

そんなの我慢できるものではないのに、めちゃくちゃなことを言われている気がする。

「このぬるい感じでも、ずーっと続けてればイけるし、そういう楽しみ方もあるかもしれないけど。もっと楽しむなら……」

「ぁあっ⁉」

突然、勢いよく腰を打ち付けられた。

そのまま、虐められているのではと思うほどの勢いで、立て続けに繰り返されて。

相変わらず、冬吾の性器で陰核を弾かれているけれど、こんなに激しく膣を貫かれたらと想像するだけで、再び兆しはじめた熱がさーっと引いていく。

「や、っ……やっ！　まっ、まっ……まってっ、ストップ、ストップっ……！」

上に這いずるようにもがくと、冬吾がぴたりと動きを止めた。

顔には、『だからやめておいてよかっただろ』とでも言いたげな、少し意地悪な笑みが浮かんでいる。

「もう？　今のはまだ、本気の、三分の一くらいだけど」

「…………さ、っ……さんぶんの、……」

無理だ。膣が爆発する。

押し当てられただけでも熱くて裂けそうで痛かったのに、こんなに動かれたら酷い流血沙汰だ。

青ざめた小鈴を見てショックを与えすぎてしまったと思ったのか、冬吾は両手を離し、頭を撫でてくれた。

「だから言っただろ。お互い気持ちよくなれないと……俺だけが気持ちよくなるなんて無理だし、何の意味もないから」

「さんぶんのいち……」

涙目で繰り返すと、冬吾はティッシュを取り、また濡れてしまった陰部を優しく拭き、バスローブを戻してくれた。

「まあ普通なら、恋人と少しずつ進めていくもんだから、落ち込んだり、怖がることじゃない。……感度は良かったしな？」

「か、感度って……あっ……！」

冬吾が隣に寝そべり、引き寄せた布団の中でぎゅうっと抱きしめてくる。

「なんか、一気に眠気がきた……。風呂入れてやろうと思ってたけど、ちょっと無理そう。休みたい……」

「い、いえ、そんなお気遣いいただかなくても、シャワーをお借りするので、大丈夫で、ふ、……」

むにゅりと頬を摘まれた。

早くも冬吾の瞼はとろんと落ちて、瞳が半分近く隠れはじめている。

「俺がいるのに、シャワーなんて行かせないよ？」

今になって、やっとわかってきた。手っ取り早く言うことを聞かせたい時に、恋人を演じるのかもしれないと。

だって演技の半分に、王様の不遜さが滲んでいる。

「あの……もう演技はいいので、普通に話してください。お疲れならゆっくりしてほしいですし、私は、向こうのソファーをお借りしますので、」

「ダメ」

やっぱり横暴だ。

逃げようとすると、むぎゅ、と更にきつく抱き寄せられた。

王様には抱き枕が必要なのかもしれない。冬吾ほどの完璧な男性なら、愛情を期待できなくても、抱き枕に立候補する女性が日替わりで現れそうだなと思う。

「さっきも言ったけど、今度小鈴に恋人役やってもらう時は、フォローできるかわからないし。パーティーでガチガチに緊張されたら困るから。俺に慣れといて……」

言い終えると同時に瞼が落ちて――王様は、すぐに健やかな寝息を立てはじめた。

本当に疲れていて、無理をしてくれていたのだろう。

少し身じろぐだけで冬吾の腕の力が強まって、今晩は抱き枕に徹するしかなさそうだと寝顔を見つめる。

――やっぱり睫毛、長いな……。

女性向けの雑誌やウェブマガジンに載っているスナップショットだったら、『恋人にだけ見せる、特別な素顔』なんて見出しが付きそうな完璧な寝顔だ。呼吸とともに身体が小さく動いていなかったら、彫像かと見紛《みまが》うほどの。

恋愛観が全く相容れない人で良かったな、と思う。

これで価値観が同じだったら、きっと本気で恋をして、切なくなってしまったに違いないから。

――寝顔はちょっと子供っぽいし。寂しがりみたい……。

ふっと笑いそうになって、唇に力を入れる。

非日常の連続だったせいか、小鈴も相当疲れていたらしい。

緊張の糸が切れると、冬吾の寝息に誘われて、すぐに眠気がやってきた。

――エッチは上手くいかなかったけど。

――冬吾さんの、私とは真逆の恋愛観を少し分けてもらったら……もっと、地に足のついた考えに近付けたり、するの、かな……。

初めて知る男性のぬくもりの中。

妙な切なさを覚えながら、小鈴はいつの間にか眠りについていた。

◇◇◇

翌朝、冬吾は左腕の痺れで目が覚めた。

カーテンの向こうは、眩しいくらい明るい。

腕の痺れの原因は、昨日出会ったばかりの妹の親友――高梨小鈴だった。

くうくう可愛い寝息を立てているのがなんだか憎らしくて、軽く鼻を摘むと「ふぐっ……」と眉を寄せた。が、全く起きる気配はない。

冬吾はため息を吐き、小鈴の頭の下からそうっと腕を引き抜いて、もう一度寝顔を見つめた。

「何やってんだか……」

妹の千春から連絡がきて、親友の嘘に協力してくれと頼まれた時は、一体何の冗談だと全力で断ろうとした。

〝王子様みたいに格好よくて優しい男〟が理想だなんて、冬吾の一番嫌悪する、上っ面で人を判断する女そのものだ。ただのバカだ。しかも見栄っ張りの嘘つき。

なんで俺の妹はそんなクソ女と友達で、俺が尻拭いをしなきゃならないんだ、と思った。

それでも頼みを断れなかったのは、千春に借りがあったからだ。

妹には、親から持ち込まれた見合い話を断るため、親の前で、

『お兄ちゃんは恋人いるもんね？　私もこの間一緒に食事したし、本当だよ。すごく綺麗な人でさ～』

と嘘をついて協力してもらっていた。三男ということもあり、それでなんとか見逃されてきたのだ。

とにかく、見た目や社会的価値を重視する女なんてろくなものではない。

そう思いつつも、生来真面目な冬吾は、引き受けたからには完璧にやるつもりで妹から小鈴のことを聞き尽くした。

彼女の状況を知れば知るほど断りたくなったし、レストランに着いて小鈴を見て、即帰りたくなった。

こっちは準備万端で希望通りの王子様的な設定を暗記し、何度も脳内でシミュレーションして、スーツまで新調したというのに、彼女は地味の極みだった。

華のないナチュラルメイクに、デートらしからぬ野暮ったいグレーのジャケットと、飾

り気のない白のシフォンブラウス。

この女、やる気はあるのか。

王子様を期待するなら、少しは相応しく着飾っとけよ、とイラッとした。

その上、こっちの演技に乗ってくるどころか、

『あなたは誰ですか？　他人ですよね？』

と怯《おび》えた目でチラチラと見てきて、挙動不審に振る舞い、冬吾の練りに練ったプランの足を引っ張ってくる始末で。

『誰のためにこんな頭の悪い男の演技をしてると思ってるんだ！　お前の軽率な嘘と虚栄心が原因だぞ‼』

と説教したくなった。

でも嘘を認めて謝るつもりだったなら納得だ。地味な格好も、友人たちへの誠意のつもりだったのだろう。

事前に本人と打ち合わせをする時間が取れず、千春の、『小鈴ちゃんにも大体の予定伝えとくね～』という軽い連絡をそのまま信じた自分も悪い。

――にしたって、何なんだよ、王子様って……。

――今時いるか？　こんなバカみたいに初心で処女の二十四歳って……。

――いや、感度は良かったたし、動揺しながら感じてる姿はそそったし。言い過ぎて泣かせた分はいい思いをさせてやりたいなとは思ったけど……。

はじめは自分の台詞に鳥肌を立てながら優男を演じ、淡々と愛撫を進めていた。けれど、顔を真っ赤にしてびくびく感じている姿は、正直かなり腰に来た。

もう一度、むにゅ、と頬を摘んでも起きない。

シーツの上に投げ出された手を取る。

ネイルとは無縁そうな、薄くて小さな爪。

完全にすっぴんだけれど、化粧をしている時とあまり違いは感じられない。綺麗な肌だ。

――さすがに、俺の恋人役をしてもらう時は、それなりに着飾ってもらう必要があるな……。

冬吾は起き上がって、親しい外商に電話をかけた。

「――ああ、篠宮《しのみや》さん？　俺です。今から女性の採寸を頼みたいんですが。……ええ、はい……そうです。パーティーに同伴させる準備を整えていただきたくて」

冬吾の声に反応して、小鈴が「んんぅ……」と眉を顰めて仰向《あおむ》けに寝返りを打った。ぺらっと布団が捲れて、胸の膨らみがあらわになる。

薄紅色の胸の先が、すうすうという呼吸音とともに、冬吾を誘惑するようにゆっくりと上下している。

冬吾は電話口の声に耳を傾け、相槌を打ちつつ、つんと尖って色づいた場所をじっと見つめた。

「場所は……ええ、以前と同じです。……そうですね、そのあたりも、全部お任せします。じゃあ、一時間後に」

好きにして、とばかりに無防備な小鈴を見下ろしながら電話を切り、何度目かのため息を吐く。

挿入寸前まで至って、結局出さないまま眠ったせいか、下半身がイライラしてきた。

「いい歳して、純粋に愛しあえる相手、って何だよ、バカバカしい……」

そう思うのに、どうしてか心の底からは憎めない。

「昨夜も言ったけど、普通は今頃がっつりいただかれてるぞ？　俺の自制心に感謝しとけよ」

布団をかけ直してやって、つんと鼻をつつくと、

「んー……まだ食べるからぁ……」

なんて言って背中を向け、猫みたいに丸まってしまった。

人のねぐらで性行為をねだって、夢の中では食欲旺盛なんて、どういう女だと思う。

――素直だし無防備だし。

――ほんと、調子が崩れる……。

小鈴の影響を受けてか、冬吾はシャワーを浴びながら、忘れようと努めていた幼い日の記憶を思い出した。

小学三年生の頃。

クラス替え間際の、一世一代の勇気を振り絞った告白に対する答えは、残酷なものだった。

『え……無理……』

本心がぽろりと口をついたような言葉。

大好きな笑顔から、すうっと生気が抜け落ちて、嫌悪と軽蔑に変わっていく。

それは、意思のこもった拒絶や悪意の何倍も鋭く、冬吾の未発達な心を切り裂いた。

私のこと、そういうふうに思ってたの？　気持ち悪い――。

そんな心の声が聞こえてくるようで。呆然と立ち尽くしていると、

『……私、帰るね』

と言って、そのまま夕暮れの公園に置き去りにされた。

親同士も事業で付き合いのある、クラスメートの女の子。

箱入りで物静かで、たまに見せてくれる笑顔が眩しかった。

付き合いたいだとか、手を繋ぎたいだとか、具体的な願望があったわけではない。それでも子供なりに、一年も悩んだ末の告白だった。

もちろん、この出来事一つで今の恋愛観が形成されたわけではない。

異性への不信感が増殖し、恋愛への期待が崩れはじめたのは、この日から思春期に至るまで数年かけてのことだ。

当時の冬吾は少し太っていた。

だから振られたのはそれが原因だと思い、ただ悲しみから逃れるためにダイエットをはじめた。

予想外の変化が訪れたのは、順調に痩せ、中学に進学し、性差が大きく現れた頃のことだ。

私立のエスカレーター式だったからクラスメートの顔ぶれは変わらないのに、今まで気さくに話していた女の子たちの視線や態度が、明らかに変わりはじめたのだ。

少し気まずそうに目を逸らされるのは日常茶飯事。

女の子たちの輪に入って話しかけると、空気が変わって妙によそよそしくなる。

はじめは嫌われているのかと思ったが、男友達に、

『お前はモテていいよなー。イケメンで頭も良くて家柄も文句なしってズルすぎるだろ』と、思いもよらぬことをぼやかれたのをきっかけに女子を観察しはじめて——やっと気付いた。

自分の身長がぐんぐん伸びている間に、女の子たちは化粧を覚え、制服を可愛く見せて、女性らしい仕草を身に付けていて、その効果を試すように意味深な視線を送ってくるのだということに。

——俺の中身は何も変わってないのに。

——容姿や能力や家柄に左右される好意なんて……。

——俺がまた太ったら？　成績が落ちたら？　家を離れて自立したら？

少しずつ、けれど確実に不信感が増していく中で、決定的な出来事が起きた。

初恋の女の子から、

『まだ私のこと好きなんでしょ？　ダイエットはじめたの、私が振った直後だもんね？　今なら釣り合いが取れると思うし、付き合わない？　お互い、学校で一番モテてるし』

と言われたのだ。

その子もまた、化粧を覚え、爪を磨き、長い髪からいい匂いを漂わせて、全男子の憧れの的になっていた。

でも冬吾は彼女の言葉に嫌悪を覚え、同時に自分に幻滅した。

──結局俺も、容姿に釣られて好意を見せてきた女子たちと同じだ。

──だって、彼女がこんなにふてぶてしいことを言える人間だなんて知らなかった。

──笑顔が可愛くてドキドキするだけで好きになってた……。

それからだ。

恋なんて、容姿や印象を元にした勘違いや思い込みでしかないと思いはじめたのは。

一時の興奮に酔う、ごっこ遊びにすぎない。

子孫を残すために、人間は一時的にバカになるようにできている。

そうでなければ、愛なんて虚ろなものを根拠に結婚して、赤の他人と一生価値観を擦り合わせながら生きていくなんてハードな選択、できるわけがない。

そう考えを改めてから、女の子たちから寄せられる好意を気楽にやり過ごせるようになった。

けれど全ての発端となった、振られた日の出来事からは、今も目を背け続けている。

二十六年生きてきて、存在ごと否定された気がしたのはあの日だけだ。

女の子の生気の抜けた顔と、『無理』と呟いた声を思い出すだけで息苦しくなって、暗い気持ちに襲われる。

──多分……小鈴を見てると、恋に夢を見てた昔の危うい自分を思い出させられて。

──だから考えの違いに口を出したくなって、放っておけないのかも……。

小鈴は駆け引きを知らない。

受け止め方も表現も、真っ直ぐで純真だ。

昨夜の冬吾の演技にくらりと騙《だま》されて、『抱かれちゃうのかも⁉』なんて本気で勘違いをするくらいには。

そう思うと、パーティーに彼女を同伴するのが、少し躊躇われた。

女をトロフィー同然に考えている経営者は多い。

特にアルコールの入った場では、ゲーム感覚で口説き落として、一夜の満足を得ようとする人間ばかりだ。

──いやいや。俺の恋人役だし、変な男に絡まれる心配はないだろ。

──……っていうか、小鈴がどんな男に引っかかろうが、俺には関係ないし。

──どうして俺が心配してるんだよ……？

身支度を調え終えた時、ちょうど外商の篠宮が現れて、大声で小鈴を呼んだ。

寝ぼけ眼でふにゃふにゃと寝室から出てきた彼女は、篠宮に気付いた途端、胸の前でぎゅっとバスローブをかき寄せて冬吾の背後にささっと隠れた。

無防備な小鈴を他の男に見られて、イラッとした自分がわからない。

やっぱり昨夜抱いときゃよかったな、と思った自分は、もっとわからなかった。

2　突然、シンデレラの魔法をかけられまして!?

「こちら、焼き饅頭が八個入りで、賞味期限は一週間となっております。お熨斗《のし》はいかがいたしますか？」

冬吾と一夜過ごしてから半月後の、クリスマスイブ。

小鈴はいつも通り、デパートの地下にある春夜庵の直営店でいつもの制服《エプロン》を着て、いつもの台詞を繰り返していた。

クリスマスは和菓子に冷たいけれど、年末の帰省にあわせた手土産の需要が増えて、結構忙しいのだ。

先々週、ホテルのスイートルームで一晩過ごした日の翌朝。

冬吾の大声で起こされて寝室を出ていくと、見知らぬスーツ姿の男性が立っていた。

年齢は、冬吾と同じくらいだろうか。

全身のパーツがすらりと長く、眼鏡の奥の目鼻立ちが鋭い男。無表情で全く感情が読み取れなかったが、立ち居振る舞いから、秘書だろうかと思った。

冬吾は小鈴よりもだいぶ早く起きたらしく、髪は整えられ、何故かスポーツウェアに身を包んでいた。そして、

『俺は下のジムに行ってくるから、その間に、パーティー用の準備しておいて。篠宮さん、あとはよろしく』

と言って、質問する隙すら与えず部屋を出ていってしまったのだ。

わけがわからないまま、秘書らしき男が呼び入れた女性に全身をあちこち測られ、謎の男女はあっさり立ち去った。

その後、ジムから戻ってきた冬吾とホテル内のレストランで昼食を摂《と》り、恋人を演じるにあたっての適当な設定を与えられた。

それからタクシーに乗せられ、タクシーチケットを渡されて、

『じゃ、また』

という素っ気ない一言とともに、ぽいっと街に放流されて――それきり、冬吾からの連絡は一切なかった。

連絡先を交換していないことに気付いたのは、家に帰り着き、お茶を淹《い》れ、こたつに座り、昨晩の出来事は一体……と一息ついた時のことだ。

千春に連絡先を聞こうかと思ったけれど、

『お兄ちゃんとどうだった⁉』

だとか、

『聞いたよぉ、一泊したんだって？』

なんて言われたら、どう答えればいいのかわからない。もう取り繕うための嘘は懲り懲りだ。

かといって、

『抱いてもらう代わりに、今度は私が恋人役をやることになって……』

なんて絶対に、絶対に言えない。

ホテルに電話をすればいいのでは？　と思い立ったが、まさかのチェックアウト済み。狐《きつね》に摘まれた気分だった。

パーティーについての説明を受けた時も、急拵《きゅうごしら》えの恋人設定を飲み込むのに必死で、開催日や場所について、肝心のことを質問していない。

帰り際の『じゃ、また』とは、明日なのか来週なのか、はたまた来月なのか。全てが口約束で、冬吾との約束を証明するものは何もない。

翌日から仕事に戻り、連絡がないまま日々が過ぎ、非日常が遠のいていって。小鈴は、

――きっと、からかわれたんだ、私。

と結論付けた。

だって、考えれば考えるほどおかしな話だ。

冬吾ほどの美男なら、いくらだって恋人役候補がいるだろう。

わざわざ恋愛観が水と油ほどもあわない、彼からしたら愚かな女に依頼する必要はない。

何より、こうして中途半端な約束で待ちぼうけを食らわされ、『ざまぁみろ』と舌を出されても文句を言えないくらいの無茶振りをした自覚がある。

それからは、冬吾のことを思い出すたび、

――なんだかんだ、いい人だったよな……。

なんて思うようになった。

仕事の後、見ず知らずの小鈴の理想を完璧に演じ、全員分の食事を奢《おご》って、自分のねぐらに招いて、交換条件とはいえ抱こうと努力して、愛されていると誤解しそうなほど丁寧に扱ってくれた。

演じている時と素の時で差があることと、たまに覗《のぞ》かせる王様気質《きしつ》に、つい警戒してしまったけれど。

思い返すほど、彼の行動そのものには善意しかなかった。

馬鹿な理想を打ち明けた男性は初めてだったし、そのおかげか、その後は肩肘張らずに話せて。

――恋愛観だけは、ぜっっったい、相容れないけど。

――出会い方が違ったら、いいお友達くらいにはなれたのかな……。

「小鈴さん、またにやけてる～！」

「えっ⁉」

客足が落ち着くと、パートの横田《よこた》が商品サンプルを並べたショーケースの下でつついてきた。

「やっぱり何かイイことあったんでしょ？　とうとう恋人でもできた？」

「あはは……そうだったらいいんですけどねぇ」

彼女は母より少し歳上で、小鈴が子供の頃から本店で手伝ってくれていたベテランスタッフだ。

デパートへの出店が決まった際、『新しい人ばっかりじゃ、お店回すの大変でしょ』と真っ先に勤務地の変更を名乗り出てくれた頼もしい仲間で、小鈴のことも、昔から愛娘《まなむすめ》のごとく気にかけてくれている。

「誤魔化しちゃってー。なんか、たまにぽーっと明後日の方見てるし……」

「そ、そうですか？」

「うんうん、あまーい記憶を、思い出してる感じ？」

「もうっ！　そんなものないですから……！」

顔が熱くなったのは、当たらずとも遠からずだったからだ。

最後まで致していないとはいえ、冬吾との夜は初体験だったわけで。時折ふと、彼に愛撫された時のことを思い出してしまう。

「あーっと……そろそろ、休憩いただきますね」

冷や汗をかきつつ、腕時計をちらりと覗く。客足が途絶えず、昼食を逃したまま十五時に差し掛かろうとしていた。

「あ、そうか、お昼これからなのね。ゆっくり食べてきて！」

「ありがとうございます。しばらくお願いします」

もう一人のスタッフにも頭を下げてバックヤードへ下がり、ロッカールームで私物の入ったトートバッグを取って社員食堂へ向かう。

人気のない廊下を歩きながら、スマホの通知を確認した。

もちろん、冬吾からの連絡はない。

――……、……いやいや、別に？

——連絡なんて待ってないし……?

連絡が来ようが来まいが、小鈴の人生は変わらない。

あの日の出来事を胸に刻んで、今後は地に足のついた恋愛をする。それだけだ。

マッチングアプリのアイコンが、ちらりと目に入る。

——とりあえず、ダウンロードはしてみたけど。

——写真をどうにかしないとなぁ。でも自撮りは微妙なのしか撮れなかったし……。

と、重たい指でアプリをタップしようとした瞬間。

「わぷっ……!」

黒い人影にぶつかって、スマホを取り落しかけた。

「すっ、すみませ……、ん……?」

見覚えのある男だ。

冬吾と同じくらいの高身長。線が細く、ノンフレームの眼鏡の奥には知性が光っている。

ホテルで、忽然《こつぜん》と現れた男。

確か、名前は——。

「しっ……篠宮さん⁉ なんでっ……!」

関係者しか入れないバックヤードだ。

動転する小鈴を横に、篠宮は前回と寸分違わぬ涼しい顔をして、完璧な姿勢で直立している。

「ご無沙汰しております。神宮寺様に申し付けられまして、これからヘアメイクを整えさせていただきます」

「……は、はい？」

「お時間がありませんので、こちらへ」

腕を摑まれた。紳士的な振る舞いと線の細さにそぐわない剛力で。

「ちょっと……っ！　何なんですか、私この後仕事が、」

「代わりのスタッフを用意してございますので、ご心配なく」

「か、代わり？　っていうかどうしてここに入れたんですか⁉　冬吾さんの秘書なんじゃ……」

何を聞いても、「とにかくこちらへ」の一点張り。

知らない廊下を曲がり、従業員用のエレベーターに乗せられ、引きずられるように連れて行かれたのは、一度も足を踏み入れたことのない部屋だった。

「……ここって、……」

冬吾の暮らしていたホテルを彷彿《ほうふつ》とする、豪奢なサロン。

特別な上顧客専用のＶＩＰルームがあると、耳にしたことはあった。

でも上顧客を対応するのは外商部署のエリートだけで、小鈴のような外部スタッフは、見学すら許されていない特別な場所だ。

部屋の隅にあるハンガーラックには、一着だけ、フェミニンなイブニングドレスがかかっている。

「まさか篠宮さん……このデパートの、外商さんだったんですか」

篠宮は薄い唇の端を僅かに上げ、一瞬だけ微笑んだ。

ミステリアスで、女性客がきゅんとしそうな笑顔だなと思ったのに、すぐに無表情に戻ってしまう。

「偶然私と同じ職場で助かりました。地下のスタッフには、より重要な仕事ができたと伝えた上で、先程申し上げました通り臨時のスタッフを手配しましたのでご安心を」

「あの、待ってください。仕事が回ればいいって話ではなくて……！　私、冬吾さんから何も聞いてないんですが」

篠宮は『だと思いました』とばかりに肩を竦めた。もしかしたら日頃から、あの王様の我《わ》が儘《まま》に振り回されているのかもしれない。

「私は神宮寺様からご依頼いただいただけです。お約束の時間が迫っておりますので、ご協力ください。今のあなたは、大切なお客様の〝お品物〟ですので……同意いただけると信じております」

――篠宮さん、その言い方は、ずるい……！

外商の仕事は多岐に渡り、時には顧客から無理難題を吹っかけられると聞いたことがある。

だから彼としては、職務を忠実にこなそうとしているだけなのだろうけれど。

このデパートの名誉にかかわっているんだぞ、と圧をかけられると、何も言えなくなってしまう。

「……わかりました。そうは言われても、私、何をすれば……」

今の小鈴はエプロンにスニーカー姿で、ＶＩＰルームのラグジュアリーな空間に全く似つかわしくない。どう見ても給仕する側だ。

篠宮は何もかも心得ているとばかりに頷くと、

「まずは着替えをお済ませください。お手伝いをするスタッフを確保できず、申し訳ありません。何せ急なご依頼だったもので……。ヘアメイク担当の手配がどうなっているか確認してまいります」

と部屋を出ていってしまった。

ぽつんと取り残されて、しばらく豪奢な部屋に圧倒されて立ち尽くしていたが、気を取り直してハンガーラックを確認した。

ドレスは、落ち着いた光沢のある、ワインレッドのビスコース生地だ。

ホルターネックで肩周りの露出は多いが、スカートはつま先が見える程度の総丈で、軽くて肌馴染みが良い。

着替えを済ませると、見計らったようにノックの音が響き、巨大なメイクボックスを持った女性が息を切らしてやってきた。

慌ただしく顔面にあれこれ塗りたくられ、髪を弄られるうち、あの約束は悪戯ではなかったのだ、本気だったのだ、という実感が湧いてきて。

——また冬吾さんに会う……？　恋人役で……？

この半月で、彼のことは全てが〝よき思い出〟になっていた。

友人の兄とはいえ、もう二度と会うことはない、別世界の人だと思っていたのに。

ヘアメイクの後は、用意されていたアクセサリーと女性用のドレスウォッチを身に着け、サテン生地のプレーンなハイヒールに履き替えた。

全ての準備が整って改めて姿見の前に立つと、一瞬自分だとわからなかった。

シニヨンで複雑に編み込まれた髪には、クリスタルガラスを用いた花がモチーフのヘアアクセサリーが添えられている。

　メイクは、普段使わないハイライトやシャドウの効果か、自分の顔とは思えない立体感だ。リップは上品なスカーレットで、アイシャドウは艶感のあるサンドベージュ。どちらにもゴールドのラメが入っていて、小鈴の肌とドレスの色に馴染み、お互いの色味を引き立てあっている。

　鏡を見ながら、ぎこちなく、その場でくるりと回ってみた。

　どの角度を切り取っても、完璧なシルエットだ。

　ホテルで散々採寸されたから、もしかするとオーダーメイドなのかもしれない。恐ろしくて、ブランドや値段を聞く勇気はなかった。

「お、大人の女性みたい……」

「はじめから大人の女性ですよ」

　メイク中に戻ってきた篠宮が、無表情で突っ込んでくる。

　女は化ける、なんて言うけれど、服とメイクでこれほど変わるものだろうか。

「そうなんですけど、プロのヘアメイクって、すごいなって……」

　最後に篠宮にコートを着付けられ、ドレスと同じ生地で作られたイブニングバッグを渡されると、〝令嬢〟という表現がしっくりくる、完璧な淑女《レディ》に仕上がった。

もう一度じっと鏡を見つめる。

今から自分がすべきことがぐんと現実味を帯びて、にわかに動悸がはじまった。

——この見た目に相応しい振る舞いをするってこと……？

——約束を果たすだけ、って思ったけど……もしかして、そんな簡単なことじゃないのかも。

篠宮の先導で知らない出口から外へ出ると、黒塗りのハイヤーが止まっていた。

シンデレラのような展開に、更に動悸が悪化する。

篠宮が後部座席のドアを開けると、奥に冬吾が座っていた。

ばちっと目があって——固まってしまう。

だって、小鈴と同様、彼も別人のようだったのだ。

前髪を軽く後ろへ流し、コートの中は三つ揃えのブラックスーツと蝶《ちょう》ネクタイ。

前回はカジュアルなスーツで前髪を下ろしていて、実年齢以上に若く見えたにしても、髪型と衣装が違うだけでここまで貫禄《かんろく》が変わるものだろうか。

偉そうに脚を組んでふんぞり返っているが、今日の彼には、そんな威風堂々としたポーズと、カリスマエリート起業家という肩書きがしっくりときた。

こんなオーラのある人の恋人役なんて務まるわけがない——そう思って立ち尽くしてい

る間、冬吾もまた、しげしげと小鈴を観察し、ぽつりと呟く。

「……別人だな……」

「っ……馬子にも衣装って言いたいんですか」

嫌味《いやみ》だと思ったのに、彼は「いや、そうじゃなくて……」と決まりが悪そうに目を逸らし、

「遅いぞ。乗って」

と首を傾けて合図した。

こんな態度を取られたら、普通は『突然連れ出してその態度は何だ』とむっとするはずなのに、

――ああ、よかった……格好良すぎてビビっちゃったけど、前とおんなじ、偉そうな冬吾さんだ……。

と張り詰めた気持ちが緩んで、つい、ふふっと笑ってしまった。

「……何だよ」

「い、いえ」

頰を緊張させて、なんとか笑みを堪える。

篠宮に「ありがとうございました。売り場の皆に、よろしく伝えてください」と頭を下

げて冬吾の隣に乗り込むと、すぐに車が走り出した。

都心の只中《ただなか》を走っているとは思えないほど、車内は静かだ。

窓の外は早くも日が落ちはじめていて、クリスマスのイルミネーションがちらちらと光っている。イブとあってか、カップルの姿が目立つ気がした。

「また……何をニヤニヤしてるんだよ、不気味だな」

冬吾は不機嫌そうに、小鈴を横目に見てくる。

「えっと……相変わらず、王様なんだなぁと」

「何だそれ。王様？　理想の王子様だろ？」

「自分で言います？　それ」

「小鈴の言葉を借りただけ」

にやり片頬を上げた冬吾は、やっぱり先々週と同じ人だ。

――なんか、変な感じ。

――生まれも立場も全く違うし、恋愛観は真逆だし、知り合ってほんのちょっとしか過ごしてないのに、自然に話せてる……。

一度本音をぶつけあい、根本は相容れないとわかった上で裸を見せあった仲だからだろうか。

「というか、びっくりしました。連絡先もわからないし、ホテルも引き上げてるし。全部からかわれたんだなと思ってたら、突然篠宮さんが現れて」

「え？　俺、連絡先教えなかった？」

「っ……気付いてなかったんですか⁉」

冬吾は気まずく視線を逸らした。

「あー……悪かった。そりゃ驚くよな。そうか、いつも一番はじめに名刺を渡すから……この間は、初っ端《しょぱな》から〝恋人ごっこ〟だったもんな」

それを持ち出されると、小鈴は弱い。

改めて名刺を渡された。

名前の横にある〝代表取締役〟の五文字が、隣の冬吾を遠く感じさせる。

「年末で忙しくて……何も連絡ないし、日時も伝えたつもりで、大丈夫だろって思ってた。ごめん。仕事中だったのに、来てくれてありがとう」

素直に謝られて、そうだ、こういう人だったと思い出す。

彼は時々強引にする割に、きちんと気遣いや謝罪を口にしてくれる。

だから偉そうにされても許せてしまうのだ。

「べ……別に……私のは、冬吾さんの仕事と比べたら、いくらでも替えがききますし」

「どんな仕事だって、責任があるのは同じだろ。和菓子屋だっけ？　ああいうのってシフト制だろうし。本当に悪かった」

「そんな何度も謝らなくていいですから。元々交換条件でしたし、悪戯だったと思い込んで千春ちゃんに連絡をお願いしなかったのは私ですし。この間のこと……お返しできる機会があって、よかったです」

〝この間のこと〟と口にした瞬間、ベッドの上で伸し掛かってきた冬吾を思い出して、頬が熱くなる。

じろじろと顔を見つめられると脳内の光景を見破られそうで、気まずく身じろいだ。

「お前って……夢見がちなわりに、律儀で真面目だよな」

恋人の演技で『可愛い』とは何度も言われたけれど、素で褒められたのは初めてで、なんだか素直に受け止めるのが難しい。

「……夢見がちと誠実さは、関係なくないですか」

「そうか？　見た目に釣られて言い寄って来る女って、他人のことあまり考えてないというか……ろくなのがいなかったから」

その〝ろくなのがいない〟中の一人だと思われていたのかと思うと情けなかった。だからこそ、少しでも成長したことを伝えたくて。

「でももう、私はそういう自分は卒業しましたから。あれから心を入れ替えて、現実的に、マッチングアプリだってはじめたんですよ！　……まだプロフィール作ってる途中ですけど」

「……マッチングアプリ？」

感心してくれるかと思いきや、返ってきたのは非難の視線だった。

そういえば、千春もマッチングアプリには懐疑的だったなと思い出す。富裕層の文化ではお見合いが当然のようだし、冬吾は結婚や恋愛そのものに否定的な人だから、当然の反応かもしれない。

「子供じみた理想はともかく、誰かと愛しあうこと自体は、諦めてませんから……！」

冬吾はしばらく小鈴をじっと見つめた後、不機嫌な様子で顔を逸らした。

「……言っとくけど。パーティー会場で男漁《おとこあさ》りなんてするなよ。今晩は俺のパートナーだからな？」

「っだから。もう弁《わきま》えてますってば……！　それに、約束はちゃんと果たします」

前回与えられた設定を思い出して復習しようとした時、車がホテルらしきロータリーに滑り込み、ドアマンがエスコートしてくれた。

冬吾が泊まっていた場所とはまた別の、都心で指折りの一流ホテルだ。

会場は最上階のスカイラウンジで、入り口の看板には貸し切りの旨が記されていた。

レセプションで名乗り、クロークにコートを預けるだけでも緊張したのに、立派なバーカウンターを設《しつら》えた薄暗い店内はラグジュアリーなムードたっぷりで、完全に気後れしてしまう。

一面に広がる夜景をバックに、隙なく着飾った男女が歓談している。誰の顔にも自信と野心が満ちており、見るからに成功者といった風だ。

そんな非日常の空間だけで竦み上がる思いだったのに、隣に立つ冬吾は会場中の視線を一身に集め、ざわつかせた。

彼の容姿に注がれる感嘆の視線は、漏れなく隣の小鈴へ移動して――『一体どういう関係なのか』という好奇に変わる。

――ど……どうしよう……。

――やるからには頑張るつもりでいたけど。

――絶対私、見劣りしてる……！

俯いて、ぎゅっとクラッチバッグを握り締めると、冬吾が小鈴の前に肘を突き出してきた。

――え……？　何？　何？

——やっぱり芋くさくて不釣り合いだから、離れてろってこと……？

すすす、と後ろに逃げると、がっと手首を掴まれて飛び上がりそうになった。

「おい、早々に仕事を放棄するな」

「え……？」

冬吾を見上げた。

先週の、気さくな、ふわっとした王子様とは違う。

ただ立っているだけで周囲を圧倒するオーラを放つ、やり手の起業家がそこにいた。

「できるだけ俺にくっついて。他の男に目移りしてんなよ」

「し、してませんってばっ」

「じゃあ早く腕を取れよ。俺がバカみたいだろ……」

「あ……」

もう一度肘を見せつけられて、理解した。

本当にこの役目を引き受けるのが自分で良かったのだろうか——そう思いながらおずおずと冬吾の腕に手を絡めた時、会場の奥で開会の挨拶がはじまり、拍手が広がった。篠宮が焦っていた通り、本当に時間ギリギリだったらしい。

マイクを握っているのは、どうやらパーティーの主催者のようだ。彼が立ち上げた動画配信者の活動支援事業が軌道に乗り、無事に一周年を迎えられたことへの感謝を、言葉を変えて繰り返し語っている。

スピーチの内容から察するに、パーティーの一番の目的は異業種交流らしく、様々な業界で活躍している実業家や起業家が招かれているようだ。

自分の世界とは違いすぎる――そう思うと改めて、課せられた任務がとんでもないことのように思われてきた。

――えっと……とりあえず、恋人の顔して隣にいれば、女避けになるって話だったよね？

――だから、そんな特別な頑張りは必要ないはずだけど……。

とはいえ、ビジネスの話を振られたらお手上げだ。

小鈴は、冬吾が食品輸入事業の経営をしていて、過去にもいくつか会社を立ち上げ、売却してきたことくらいしかわかっていない。

自分が馬鹿にされるのは構わないけれど、冬吾が『馬鹿な女を連れてるな』と思われることだけは、絶対に避けなければならない。

――車で雑談なんてしてないで、もっと色々聞いておけばよかった……。

前方では、まだ挨拶が続いている。

そわそわと会場を見渡すと、自分以外の誰も彼もがキラキラ輝いて見えた。

もちろん小鈴だって、冬吾のおかげで一流のものをまとっている。

でも綺羅《きら》びやかなドレスも、何も入らないくらい小さなバッグも初めてだし、ヒールつきのパンプスは数年ぶりで、〝着せられている〟違和感しかない。

心細い――。

親とはぐれた子供のような言葉が、しっくりときた。

――とにかく、冬吾さんにだけは恥をかかせないように。

――絶対、絶対失敗しないようにしなきゃ……。

そう思うものの、一体どう振る舞えばいいのかわからず泣きたくなっていると、冬吾が腕をぐいっと引いた。

肩がぶつかって、前回とは違う、スパイシーで重厚感のある香水が漂い、心臓が跳ね上がる。

「あっ、ごめんなさ……」

「小鈴」

びくっと見上げると、王様の目が、小鈴を悠々と見下ろしていた。

「な……なんですか、」

おどおどするな、堂々としていろ、と叱られるのかと思って、更に萎縮したのだけれど。

「ドレスとヒール。慣れてなさそうだけど、ずっこけるなよ」

「え……？」

片頬を上げてにやりと笑われる。

それで、緊張を解こうとしてくれたのだとわかった。

ふっと肩から力が抜けて、冷えた指先に熱が戻る。

でも引きつった笑いしか返せなかった。

だって、ずっと足首がぐらぐらして、気を抜いたら本当に転びそうなのだ。

「そんな泣きそうな顔するな。今日は……すごく綺麗だ。笑顔で俺の隣にいてくれるだけで十分だから」

薄暗い場所で優しく耳元に囁かれると、これはきっと私に自信を持たせるための演技だとわかっていても、ついドキドキしてしまう。

「っ……は……はい、……」

今日は自分が協力する番なのに、頼っていいのかな……と思いつつ、冬吾の腕に絡めた指先に力を込める。

「いい子だな」なんて褒められて、王様の愛玩動物《ペット》にされたみたいで——でも、この場に相応しく躾けてもらえるなら、嫌な気分じゃなかった。

確かにこれは恋人役が必要だなと合点がいったのは、挨拶と乾杯が終わり、歓談に移ってすぐのことだった。冬吾は、「まずパーティーの主催者に挨拶に行くのがマナーだから」とスピーチをしていた方へ向かおうとしたのだけれど。

「神宮寺さん！　ご無沙汰してます～」

「こういったパーティーに顔を出されるなんて、珍しいですね！」

「前回名刺を切らしちゃってたので……改めてご挨拶させてください」

頭から爪の先まで抜かり無くキメた美女たちが代わる代わる話しかけてきて、身動きが取れなくなってしまったのだ。

彼女たちは小鈴の存在など気にも留めず、ビジネスの成果や人脈をアピールして、必死に距離を縮めてくる。

――すごい……。

――これが、肉食系女子って奴……？

自信に溢れ、躊躇いなくアピールする姿に、小鈴は感動してしまった。

だって、迫るということは、振られる可能性があるということだ。

夢にうつつを抜かして、理想の男性に相応しい女になる努力すらしてこなかった小鈴にとって、リスクを負ってほしいものを勝ち取ろうとする姿は、潔くて眩しかった。

――仕事も行動力があって優秀だから、こんな華やかな世界にいられるんだろうな……。

――なのに、たった一度抱いてもらうだけで、ものすごく勇気が必要だった私って……。

つい縮こまっていると、しゃんとしろ、とばかりに腰を抱き寄せられた。

「紹介します。私の婚約者です」

冬吾の声は、完全に演技がかっていた。

といっても、恋人のように甘いものではない。

他の女性に興味がないことを示す類の、慇懃無礼《いんぎんぶれい》なビジネスモードといったふうだ。

けれど彼女たちが動揺したのは、冷たくあしらわれたことではなくて。

「えっ。婚約者……?」

「だって、神宮寺さんって、そういう話、全然……」

「……はじめまして。高梨小鈴と申します」

腰に添えられた冬吾の手に勇気を得て、挨拶をする。

値踏みするような視線がぐさぐさと顔に突き刺さって逃げたくなったが、同時に納得もしていた。

――わ、わかる～～……。

──私もこの状況はおかしいと思うよ⁉　どう考えても、あなたたちが冬吾さんの隣に立ってた方が自然だもんね⁉

「高梨さんは、お仕事で神宮寺さんとお知り合いに？」

「え。えっと、……」

──確か箱入りお嬢様って設定だったけど。冬吾さんに見合う恋人って設定なら、この人たちみたいに、バリキャリっぽい方がいい気がする……！

──でも、どんな仕事？　ほんの数時間前まで、デパ地下で和菓子売ってたなんて言えないし……！

冷や汗をかいて口ごもると、冬吾がすかさずフォローしてくれた。

「いえ、彼女とはお見合いで。今までは結婚願望がなかったんですが、彼女に……小鈴に出会って、価値観が変わったというか。家庭を持つのも悪くはないなと思わされたんです」

結局冬吾に助けられて、役目を果たせていない。

申し訳ない気持ちで隣を見上げると、冬吾は彼女たちに見せつけるように、慈愛に満ちた眼差しを向けてきた。やっぱり演技派だ。

「以前は、お見合いは気乗りしないって仰ってたのに」

「随分、変わられたんですね……」

「ええ。なので、彼女には最近まで、地方のご生家で花嫁修業をしてもらっていたんです。……な？　小鈴？」

「えっ……あ、ええ！　そうなんです。つい先日東京に出てきたばかりで。今も都会の華やかさに圧倒されて、緊張していて。ぼうっとしていてすみません」

冬吾の設定に乗って、箱入り令嬢らしく、おっとりと首を傾げて見せる。

女性たちは「はあ……」と白けた顔で相槌を打って、横目で小鈴を値踏みしつつ、諦めて立ち去っていった。

確かに、お嬢様設定で正解かもしれない。もしやり手の彼女たちと似通った設定だったら、『なんでこの女？』『自分にもチャンスがあったのでは？』と嫉妬を剝き出しにされていた気がする。

それから、女性が話しかけてくるたびに同じ会話を繰り返した。

やっと解放され、バーカウンターに用意されたドリンクと豪勢な料理にありつくと、どっと疲れが押し寄せた。

「すみません、結局、色々フォローしてもらっちゃって……。でもこんなあからさまに、なんというか……」

「合コンみたい？」

　そこまでは思わなかったけれど、サンドイッチをぱくつきつつこくりと頷く。

「そもそも、ここでビジネスの話をはじめるような、あくせくしたずるい奴は呼ばれないからな。人に聞かれてもいい仕事の話なんて、誰も興味ない。で、あくまで〝縁作り〟が目的、ってなると……この手の下心も入ってくる」

　シャンデリアの控えめな光が、冬吾の顔を照らしている。無関心な視線の先には、親密な様子で話す男女の姿があった。

「いつも、こんななんですか」

「恋人役を頼んだ理由、わかっただろ？　小鈴がいなかったら、今頃まだはじめの子たちに付きまとわれてた。いつか仕事で関わる可能性とか横の繋がりを考えると、冷たくあしらえないし……ありがとな」

　作り物ではない、ナチュラルなウインクが降ってきて照れてしまう。

「私は隣に立ってただけですし。でも綺麗な人ばっかりなのに。仕事の話とか、あいそうですけど。バリバリ仕事をこなす女性だと、冬吾さんと同じ価値観で、ギブアンドテイクというか……役割分担的な考えの人もいるかも」

　ぼそぼそと囁くと、冬吾は、興味がないとばかりに肩を竦めた。

「俺はあくまでビジネスのために来てるだけ。それにいくら仕事ができても、はじめから恋愛目的で近付いてくる人間には興味ないな。俺の容姿が変わったら、きっと彼女たちの態度もガラッと変わる」

「そんなことは……」

自分には否定する資格はないと思い出して、口を噤んだ。

だって小鈴もそうだ。レストランに冬吾が現れて、それだけでときめいてしまったのは、彼の容姿がずば抜けているからで。

――冬吾さんにとっては、私もあの女性たちと同じで……交換条件で一緒にいるだけなんだよね……。

どうしてか切なくなって、手にしたシャンパングラスに視線を落とした。

「なんで小鈴が落ち込むんだよ」

「いえ。私も、すごく失礼だったから……」

本当は頭を下げたかったけれど、周囲の人々に恋人らしからぬ所作に見られたら困る。

「この間は、色々言い返しちゃって本当にごめんなさい。冷静になって考えると、冬吾さんの主張ももっともな部分があるのに……ほんと恥ずかしいです」

伏目がちに伝えると、冬吾がしげしげと小鈴を見下ろして眉を寄せた。

「お前さ……、ほんと、バカ素直だよな」

「っ……もう。真面目に謝ってるんですけど……！　バカって付ける必要あります⁉」

周囲に聞かれないよう声を潜めると、どうしても内緒話のようになって少し擽ったい。

「だって友達に嘘つくくらいだから、プライドが高いのかと思ったら、全然違ったし」

「う……確かに見栄は張りましたけど、プライドというよりは……自分が子供じみてる自覚があったから、皆にあわせないと惨めというか、置いていかれちゃう気がして……」

「それで言ったら、ここに集まってる奴らもそうかもな。周りと競い合って勝つために、連れ歩く相手に対する要求も高くなる」

冬吾の視線を追って、小鈴も薄暗い会場を見渡す。

「……確かに私も、もしこんなキラキラしたところにずっといたら、皆に置いていかれないように焦っちゃう気がします。……なんて。ここにいる人はみんな努力してますし、私が共感するのもおこがましいですけど」

キャビアののったクラッカーを齧って誤魔化すと、冬吾が首を傾げた。

「……やっぱり素直だし、変わってるし、バカ真面目」

「んむ、っ⁉」

突然鼻を摘まれて、手を払って睨みあげる。

「ちょっと……！　またバカって……！」

あはは、と笑ってシャンパンを飲み干した冬吾は、格好をつけて演じている時よりも、ずっと魅力的に見えた。

「まーた深刻な顔してたから。恋人といるんだから、もっと幸せそうな顔してろよな」

「そうですね、頑張ります」

真剣に頷くと、冬吾が「やっぱ真面目」と言ってじっと顔を覗き込んできて——グラスを取り上げられた。

「もしかして疲れた？　ちょっと顔色が悪い」

「いえ、そんなことはないです……けど、緊張がすごくて人酔いしちゃったかも。化粧室に行って、少し外の空気を吸ってきてもいいですか？」

冬吾は、「あー……」と会場に視線を彷徨《さまよ》わせ、一瞬迷う素振りを見せた。

でももう一度、小鈴を心配そうに見つめてきて。

「うん、もちろん。急がなくていいから。もし具合悪くなったらすぐ電話して。少し後で、このバーカウンターで落ち合おう。その間に目的を済ませてくる」

「あ、名刺交換ですよね？　私も一緒に行った方が、」

「いや、大丈夫。小鈴はもう十分に役目は果たしてくれたから。初対面の相手はさっと切り上げた方が興味を持ってもらいやすい。とりあえず、後で」

そう言って、冬吾は人の波に消えてしまった。

確かに、彼の容姿から醸し出されるオーラの吸引力を持ってすれば、すぐに立ち去った方が印象に残るかも——と感心しつつ化粧室へ向かう。

トイレもまた、驚くほど豪奢だった。客室さながらにアメニティまで揃って、全てがぴかぴかに磨き上げられている。

なのに鏡の中の自分は、冬吾に言われた通り、少しやつれた顔をしていた。

——シンデレラみたいな展開なのに、猛烈に疲れた……。

——でも、また冬吾さんと会えて、頼ってくれてるんだもん。

——フォローされてばっかりじゃなくて、もっとちゃんと、役に立たないと……。

頬をぺちっと叩《たた》いた瞬間人が入ってきて、慌てて腕時計を見ているふりをして——文字盤と針の小ささに目を細めた。

ジュエリーウォッチには小さな貴石が山のように埋め込まれており、ものすごく視認性が悪い。時間より、世界的に有名なブランドロゴが目立っている。遅めの昼休憩から何時間も経った気がしていたけれど、まだ十九時だった。

——私今、全身でいくらするんだろうか……。

これだけお金をかけて変身させてもらったのだから、最後まで気を抜かず、仕事を果たさねばと更に気合いが入る。

深呼吸をして会場へ戻ったものの、早くも集中力が切れはじめているのか、絨毯《じゅうたん》にヒールを取られて転びかけた。

誰にも見られていないことを祈って体勢を立て直した瞬間。

「大丈夫ですか？」

振り向くと、男性の笑顔があった。

身長も見目も、冬吾と比較するのは残酷だ。それでも目を引く顔立ちの男性で、間抜けな姿を見られたことに、ぶわっと顔が熱くなった。

「足は挫《くじ》いてません？」

「え、ええ。大丈夫です。ありがとうございます」

「女性は大変ですよね。あ……失礼、僕はこういう者です」

差し出された名刺には、三浦《みうら》という名前の横に、不動産販売会社の社長である旨が書かれている。

——すご……。普段は全く接点がない人に、あっさり話しかけられちゃってる……⁉

少し前の自分なら、名刺を渡されただけで『これが運命⁉　私の王子様⁉』と馬鹿みたいにときめいていたこと間違いなしだ。

——でも、この場所自体が自分と不釣り合いだし。相応しい現実を見るって決めたし。

——何より今は……。

「すみません、今日はパートナーに誘われての参加で、名刺も持ち合わせていなくて。高梨小鈴と申します」

「なるほど、通りで。あまり見かけない顔だなと思っていたんです。どなたに誘われて来たんですか？　もしかしたら知り合いかも」

「えっと、神宮寺冬吾さん……ご存知《ぞんじ》ですか？」

男は目を見開いて、「わお」と大げさにおどけて見せた。

それから、耳に唇を寄せてきて。

「じゃあ君は……女避け要員？」

「えっ」

言葉に詰まると、「やっぱりね」と片目を細めて悪戯っぽく笑われた。

「俺、冬吾とは大学の同級生なんだ。今は仕事で、アイツの親の——神宮寺建設とも付き合いがあるし、こういう場でしょっちゅう会ってる」

「そう……なんですね」

だとしても、どうして〝女避け〟だとわかったのか。

名刺と男を交互に見て身構えていると、察した三浦が肩を竦めた。

「アイツ昔から、簡単に近寄って来る子には興味なくて、偽の恋人でっち上げて合コン断りまくってたからさ。俺としては、手強《てごわ》いライバルが減ってよかったんだけど」

「な、なるほど……でもあの、これは内密に……！」

声を潜めると、「もちろん」とウインクされて、思わずドキッとしてしまった。

冬吾もそうだが、イケメンというのは総じて、どんな仕草が格好良く見えるのか自覚しているのかもしれない。

「にしても、アイツにあわせるの大変だろ？　ちょっと強引なところあるし……まあそれが、女の子にとっては魅力的に映ったり、仕事における有能さだったりするんだろうけど」

「あはは……まあ……。でも冬吾さん、優しいところもありますよ」

三浦は、「はー、そういうことか」としたり顔で腕を組んだ。

「いつもそうやって恋人役の子まで本気になって、冬吾がうんざりして別の子に変えるまでがセットなんだよな。異性として興味がないから恋人役に選んでるのに、優しくされて勘違いした女の子、何人見てきたか……」

どうしてか、ずきっと胸が痛んだ。

今日限りの恋人役で、友達ですらないとわかっている。

だから冬吾にどんな過去があって、次に他の恋人役を探そうが、小鈴には無関係なのに。

――今晩を乗り切れば、ちゃんと冬吾さんにお返ししたことになって。

――明日からはまたいつもの生活に戻って。マッチングアプリだってはじめるし……。

――私には、私の世界があるんだから……。

「……そうなんですね。でも私は……そういうのじゃありませんから」

「賢明だね。アイツに惚《ほ》れたところで辛い思いするだけだから。でも、皆はじめはそう言うんだよなぁ」

その時、三浦の肩の向こうに冬吾が見えた。

どうやら、また女性に絡まれて困っている様子だ。

「再来月にも神宮寺家主催のパーティーがあるし、今後も冬吾の恋人役を続けるならまた会うかもね。そうだ、よかったら連絡先――」

「ごめんなさい、出番みたいだから行かないと……！」

「え、ちょっと、」

三浦の横をすり抜ける。背後から声をかけられた気がするけれど、もう意識は冬吾の方に向いていた。

何故なら、いつだって演技派だった冬吾の横顔に、明らかな困惑と苛立ちが見える。遠目にも険悪な空気が伝わってきて。

「冬吾さんっ……」

駆け寄ると、振り向いた冬吾が、はっと眉間の皺を解いた。勇気を出して腕に抱きつき、恋人をアピールする。

「小鈴……大丈夫か？　具合は……」

「平気！　ごめんなさい、遅くなっちゃって。……こちらの方は？」

笑顔を向けて——今までの女性たちとは一線を画する美しさに、思わず見蕩れてしまった。

くっきりした目鼻立ちに、透き通るような白い肌。

化粧が濃いせいか、少し気の強い印象を受けたけれど、それもまた魅力的で。

近くを通る男性は一人残らず彼女を振り向いている。

でも口を開いた瞬間、美しさの全てが台無しになった。

「冬吾くん。もう大学生じゃないんだから、レベルの低い子を使うのはやめたら？　あんまり釣り合いが取れないと、女の子の方が可哀相《かわいそう》だよ」

小鈴は、ぽかんと立ち尽くした。

冬吾は女性を睨みつけ、低く凄《すご》む。

「梨花《りか》、失礼な言い方はやめろ。さっき言っただろ、本当に婚約したんだ」

「へえ。もう婚約者って設定が自然な歳だもんね？　あなたも何に釣られて雇われたんだか知らないけど、冬吾くんの格を下げて、恥ずかしくないの？」

視線から感じ取ったのは、これまでの女性たちから向けられた品定めする視線とは異なる、強い嫉妬と執念だ。

どうやら近しい知り合いのようだ。冬吾の苛立ち具合からして、彼女に絡まれるのは今回が初めてではないのだろう。もしかすると今回の交換条件は、彼女を追い払うのが主な目的だったのでは、という気がしてくる。

「やめろって。それ以上彼女をバカにすることを言ったら、」

「言ったら、何？　あなた――いつからお付き合いしている設定なの？　その服は、冬吾くんに貢いでもらった？」

つい怯んで、冬吾の腕から離れたくなってしまう。

二人がどういう関係なのかはわからない。

ただ、最後までちゃんと役目を果たしたかった。

美貌もお金も家柄も持ち合わせていない自分に、冬吾が唯一求めてくれたことだから。

何より、公衆の面前で冬吾に恥をかかせている彼女が、無性に許せなくて。

「もういい……話にならない。小鈴、行こう」

冬吾に手を握られた。彼はそのまま踵《きびす》を返そうとして——でも、小鈴が一歩踏み出す方が早かった。

「あなたがどう思おうと……私は、冬吾さんの婚約者です」

冬吾が、ぎょっと見下ろしてくる気配を感じた。

「私のことをどう言おうと構いませんが、冬吾さんにまで——私の大切な人にまで、恥をかかせて困らせないでくださいっ」

周囲に聞こえないように、なんとか声は抑えた。

梨花と呼ばれた女性は、言い返されるとは思っていなかったのだろう。鼻白んだ様子で、でも敵意を剝き出しに睨《にら》み返《かえ》してくる。

「下手な演技。……冬吾くん、私、連絡待ってるから。本当は前みたいに私を選んだ方が得だってわかってるでしょ？　絶対損させないよ」

冬吾は相手にしなかった。

小鈴の手を握った指先に力を込めて、今度こそ踵を返し店の出口へ向かう。

女性を振り返ろうとすると、指を搦《から》め捕《と》られた。

「冬吾さん、あの、名刺交換は、っ……」

「もう終わった。主催にも挨拶は済ませたから。帰ろう」

コートを受け取り、一階へ下り、冬吾がタクシーに乗り込む。

小鈴が隣に座った時にはすでに行き先を告げていたらしく、すぐに走り出した。

「ごめん、嫌な思いさせた。婚約者がいるって言えばいい加減諦めると思ったんだけど、まさか小鈴にあんな言い方するなんて」

「そんな。……私こそ、余計なことを言ったかも」

「いや。今回恋人役を頼んだのは……彼女のこともあったから。ずっと適当に受け流してるんだけど、最近行く先々に現れるから、いい加減参ってて」

冬吾は、がりがりとうなじを掻いた。

「ならよかった……。でも、ごめんなさい。私、トイレに行かない方がよかったですね」

「いや、今日は来てないのかもって油断した俺が悪い。それより具合は？　本当に平気？」

「はい。それはもう、全然」

それよりも、すぐに婚約者ではないと見破られて、役に立てなかったことが不甲斐《ふがい》なくて目を伏せた。

――私も、さっきの梨花さんくらい美人だったら、本当の婚約者だって信じてもらえたのかな……。

視線を感じて横目に冬吾を見ると、彼は窓枠に肘をつき、黒い瞳で小鈴を捕えていた。

背後で光るイルミネーションが、冬吾の輪郭を優しく溶かしている。

逆光になっていて、表情はよく見えない。

もう、繋いでいた手は離れている。

――彼女とは、どういう関係なんだろう。

――梨花、って呼び捨てにしてたし。

――彼女が『前みたいに私を選んだ方が』って言ってたのは、つまり……。

冬吾とはもう会うこともないのに、どうして見知らぬ女性との関係が気になってしまうのか。

でも、もっとわからないのは。

あんなことを言う女性と比較したら、少なくとも中身は自分のほうがマシじゃないか、なんて意味不明な比較をしている自分がいることだ。

「小鈴に頼んでよかった。何を言おうと俺の婚約者だ、って。……すごいイケメンだったな。俺が女なら、間違いなく惚れてる」

からかわれたのだと思った。

なのに冬吾の目は、何かを懐かしむように真っ直ぐ小鈴を捕え続けていて。

恥ずかしくて、でも嬉しかった。

「あれは、冬吾さんに恥をかかせてるのが許せなくて、つい」

「うん。伝わってきた。……ありがとな」

「私の方こそ。今晩は貴重な経験をさせていただきました。男性も、素敵な方が沢山いたけど……やっぱり、世界が違うというか。憧れは憧れだからいいんだなって、身に沁《し》みました」

本心からの言葉だ。

なのにやっぱり、なんだか気分がおかしい。

冬吾は、「そう」とつまらなそうな返事をする。そしてそれきり、沈黙が続いた。

もうすぐ全てが終わって魔法が解けてしまうのだと思うと、切なくなってくる。

——今日まで、冬吾さんとは二度と会わないだろうと思ってたのに。

——どうしてかな？　もう少しだけ、一緒にお話したい……。

どうしたら冬吾にもそう思ってもらえるか、必死に考えた。会場で話しかけてきた女性たちの努力と、真っ直ぐな行動力を見習いたくて。

でも今日出会った女性たちと比較して、美しさも聡明《そうめい》さも、野心も行動力も仕事の話も、何一つ太刀打ちできるものが見当たらない。

その時ふと、共通の話題になり得そうな出来事を思い出した。

「そういえば。私、生まれて初めてナンパされちゃいました」

「は……？　ナンパ？　誰に、いつ」

「えっと、化粧室から戻る時です。それで……」

『物好きもいるもんだ』だとか、適当に流されるかもと思ったのに、話に乗ってくれたことが嬉しくて、バッグから名刺を取り出す。

「冬吾さんの大学時代の同級生って仰ってて。学生時代のこと詳しかったから、仲がよかったのかなって――あっ」

冬吾は名刺を取り上げて名前を一瞥《いちべつ》し、すぐに小鈴の手に戻した。

「……こいつ、関わるのは止めておいた方がいい」

「え、どうして？」

何故か、酷い仏頂面だ。

そもそも三浦に連絡を取るつもりなどない。話題を作って一緒の時間を引き延ばしたたかったただけなのに、どうやら失敗に終わったようだ。

「そいつは昔から俺の後をついてきて、俺を諦めて去っていく女の子を拾って慰めるふりで遊んでるクズだよ」

バカな男に騙されるなよ、とばかりにため息を吐かれて、きゅっと唇を噛む。

「……そう、なんですね。あは……ちょっと浮かれちゃって、恥ずかしいです。私はまず、見る目を磨くところからはじめなきゃですね……」

恋愛の話は相容れないから、これ以上広げようがない。

なのにまだ一緒にいたいなんて変だ。

――シャンパン一杯で酔ったのかな？

――明日も仕事だし、早く休まないといけないのに……。

でも、タクシーはなかなか止まらなかった。

駅へ送り届けてくれているとばかり思っていたけれど、窓の外をよく見ると、繁華街から離れていっているようだ。自宅の方向とも違う。

一体どこへ向かっているのか聞こうとした時。

「とりあえず――今晩は頑張ってくれたから、ここからは、小鈴のご褒美の時間だな」

「え？」

振り返ると、窓枠に肘をついていたはずの冬吾が小鈴の方へ身を乗り出していて、心臓が跳ね上がる。

瞳が悪戯っぽく輝いて、目尻が優しく綻んだ。

演じている。明らかに。

わかっているのにドキドキしてしまうのは、顔が近いせいだ。

「ごほう、び……？」

「そう。次は、俺が約束を果たす番だろ」

理解に、数秒を要した。

だって、これで全て終わりのはずだ。

前回は小鈴が無茶を言ったせいで失敗に終わったのだから、二度目なんてあるわけがない。

「わ、私、今日はこの間のお礼のつもりで、」

冬吾の目が、不機嫌にすっと細まる。

「俺より、三浦の方が魅力的だった？」

「まさか、そんなこと……っ」

否定と同時に、タクシーが止まった。

冬吾がぱっと離れて、支払いを済ませる。

ドアが開くと、目の前に高層マンションが聳えていた。

「ご乗車ありがとうございました」と下車を促されて慌てて外へ出ると、先に降りていた冬吾に手を引っ張られて、マンションの中へ攫《さら》われる。

「あ、あの、私、明日も朝から仕事が」

確かに小鈴から頼んだことではあるけれど、心が状況に追いつかない。

「大丈夫、明日も変更しておいてもらったから」

「変更？　変更って……シフトの？　まさか、篠宮さんに頼んで⁉」

「そう」

冬吾は小鈴の手を摑んだままマンションのロックを解除して、エレベーターに乗り込み、最上階のボタンを押した。

「じゃあ今日ははじめから……私と、その、そういう……」

「当然だろ。都合よく恋人役だけやらせて、約束も果たさずにぽいっと家に帰すような男だと思ったのか？」

「いえっ、そんなふうには思ってないですけど、でも、」

「小鈴から言いだしたことなのに、なんで動揺してるんだよ。俺の手伝いだけなんて、割に合わないだろ」

「それは、……」

言えなかった。

純粋に、冬吾の役に立ちたい気持ちが芽生えていたから、何も求めていなかった、なんて。

と同時に、今日頑張ったのはセックスが動機だと理解されていたことが、なんだかショックだった。

「というかこのマンションって……ホテル暮らしはやめたんですか？」

「あれは、長期の海外出張から戻った後の一時的なものだったから。初夜は男の家より、ホテルがいい？」

「えっ、いえっ、そんな意味じゃなくて、」

「よかった。とりあえず……これ以上は、公共の場で話す内容じゃないな」

冬吾が鼻先に人差し指をあてるのと、エレベーターのドアが開くのはほぼ同時だった。

手を引かれて玄関に入るなり、冬吾が振り向く。

それから、彼にしては珍しく、緊張気味に息を吐いて。

「……俺はきっちり礼をするつもりでいたし、今晩、頑張ってくれた分を身体で返したいと思ってる。だからあとは……小鈴次第だよ。どうする？」

そこに、作りごとは一つもなかった。

必ず感謝や謝罪を伝えてくれる誠実さと、この真っ直ぐな行動力は、同じ性質からきているのかもしれない。

つまり、彼はとんでもなく素直で、それでいて小鈴にあわせて恋人を演じられる器用さまで備えている——真面目な人なのだ。

——あとほんの数時間でも、冬吾さんと一緒にいられるなら……。

考える前に答えは決まっていた。

でなければ、いくら手を引かれたとはいえ、ここまでついてきていない。

なのに小さな違和感が心の隅に潜んでいて、探っても探っても、正体がわからない。

前回失敗して、いざ挿入という時に冬吾の気を削《そ》いでしまったから、二度目が怖いのだろうか。

「ありがとうございます。でも私……また冬吾さんを、がっかりさせちゃうかもしれません」

「前は俺が急ぎすぎたせい。今晩は時間かけて、丁寧にするから」

「あ、っ……」

ごく自然に抱き寄せられて、まるで本物の恋人のように、ちゅ、と額に口付けられた。

前回急がせたのは小鈴だ。彼に悪いところは一つもない。

なのに、こんなふうに何もかも許して包容されると、簡単に身体が熱くなって冬吾の顔を見られない。

「好きに使って」と案内されたバスルームには、女性向けのスキンケア用品が一通り揃っていた。

――これってつまり、他に泊まりにくる関係の女性がいる、ってことかな……？

――冬吾さん自身が、経営者は遊び慣れてるって言ってたし。恋愛観や結婚観と性生活はまた別だろうし……。

――冬吾さんだって、男性なんだから、そういうのも、……。

頭を振って余計な詮索を振り払ったものの、今度はシャワーを浴びている間、ずっと梨花の顔が思い起こされた。

『あんまり釣り合いが取れないと、女の子の方が可哀相だよ』

『冬吾くんの格を下げて、恥ずかしくないの？』

『その服は、冬吾くんに貢いでもらった？』

冬吾は相手にしていなかったけれど、容姿だけなら、誰がどう見たって、小鈴より彼女の方が冬吾の隣に相応しいと思うだろう。

「……何比較してるんだろ。昔はわからないけど、今は絶対、そんな関係じゃないでしょ……」

——っていうか。どういう関係だとしたって、私には関係ないし。

処女を貰《もら》ってほしいと頼んだのも、今晩残ると決意したのも自分だ。夢見るのではなく、行動をもって現実を変えたいと思ったのも。

なのにどうしてか、どんどん気分が沈んでいく。

入れ替わりに冬吾が入浴を済ませる間、小鈴は寝室で彼を待った。

窓からは、都心の夜景が見渡せる。

冬吾の泊まっていたホテルといい、今日のパーティー会場といい、もしかしたら、お金持ちは高いところが好きなのかもしれない。

一人でぼうっと夜景を眺めていると、『パジャマまで用意してくれてたし、やっぱり他の女性もここに呼んだのかな』とか、『どんなに割り切った関係でも、女性は皆冬吾さんに惚れちゃうんじゃ』とか、余計なことばかり気になって止まらなくなった。

——いやいや、私が気にしなきゃいけないのは、今晩上手くできるかどうかでしょ。

——また興醒《きょうざ》めさせちゃったら申し訳ないし……。

深呼吸して緊張を抑えていると、寝室のドアが開いた。

「真っ暗にして、もうやる気満々？」

「えっ……いやっ⁉　そうじゃなくて……！　この方が、夜景がよく見えるので……！」

「ホテルでもふらふら窓際に吸い寄せられてたもんな」

冬吾は真っ直ぐ小鈴に近付いてきた。

恥ずかしくて、どうすればいいのかわからなくて。逃げるように窓の外を覗くと、後ろから抱きしめられる。

「今日の小鈴……綺麗だったよ。別人みたいだった」

「っ……」

下腹を撫でられて、耳元に低く囁かれた。

これは〝理想の恋人モード〟だ。

「っ……あの、そういうのはもう……大丈夫です。冬吾さんのことは知ってるから……今更、変な感じですし」

「どうせ同じことするなら、夢見られる雰囲気の方がいいだろ。それに前回はこうしないと、キスすらさせてくれなかった」

「そう、ですけど……綺麗な女性を沢山見た後で、そんな無理に褒められても」

「なんだよそれ。俺の目には、小鈴の方が断然魅力的に映ったし」

「う、嘘ばっかり……あ、っ……ん、……」

甘やかす声とともに、臍《へそ》の下にあった冬吾の手が少しずつ鳩尾《みぞおち》へ移動し、胸の膨らみを掬《すく》うように撫でてきた。

官能を煽る手つきに震えると、『ほら、嬉しいんだろ』とでも言いたげに耳元でふっと笑われる。

「っ……お世辞は……いい、ですってっ……」

「お世辞じゃない。卑下されると腹立つな」

「ふぁ、っ……」

耳をかぷっと噛まれて、竦み上がる。

そのまま輪郭から首筋まで唇が這って、借りたパジャマの中で肌が粟立《あわだ》った。

「今は、全部素直に受け止めてくれた方が嬉しいんだけど？」

「っ……」

これは与えあう行為ではなく、全て自分のための冬吾の努力でしかないと思うと、妙に胸が苦しい。

でも、冬吾の言う通りだ。また失敗しないためにも、リードに沿う努力をせねばと違和感をねじ伏せた。

「ごめんなさい。恥ずかしくて、つい……」

「ん。わかってくれたなら、いいよ」

受け入れる姿勢を見せた途端、控えめに動いていた冬吾の両手が、大胆に胸の膨らみを摑んで、胸の先へ絞るように揉《も》み込《こ》まれた。

「んぁ、っ……！　あ……！　ん、っ……！」

「ふふ、ブラも用意させたのに、してないんだ？　家で寝る時もそう？　それとも俺の仕事を省こうとしてくれた？」

「……用意させたって、まさか、それも篠宮さんに？　……私の、ため？」

「当然だろ。小鈴以外、誰を呼ぶんだよ」

今は演じているのだから、本当かわからない。理性ではそう思うのに、少女漫画さながらに心臓がドキンと脈打った。

──なんで？　別に、私だけだからって……そんなの、関係ないでしょ？

ざわめく心に戸惑っている間にも、冬吾の十指は器用に動いて、嫌でも乳首を意識させられる。

「つは……！　ぁ……！」

直接触られていないのに、布地が擦れるだけでたまらず声が漏れて、手で口元を押さえた。

「今日車に小鈴が現れた時さ。ほんと、綺麗すぎて……別人かと思って、すぐに言葉が出なかった。今日は小鈴を連れ歩けて、すごい優越感だったよ」

「ん、っ……んん……！」

冬吾は喋りながらも、愛撫の手を緩めない。

絶妙な加減で胸の先を意識させつつ、でも決してそこには触れてくれなくて。

「と、っ……とうご、さ……や……っ……」

「ん……？　これ、嫌だった？」

胸を摑んでいた指が離れて、腹部の方へ下っていく。

「っ……あ……、ちが……」

「何？　どうして欲しい？　俺、前に気持ちいいこと教えてあげたから、わかってるよな？」

「それ、は……」

演じていない素の冬吾なら、こんなふうに甘く焦らさず、もう少し強引にする気がした。

元々冬吾の甘い演技を喜んでいたのは自分だし、強引にされたいわけでもないのに、今は演じられるほど違和感が増していく。

「小鈴？　どこ触ってほしいか言って。気持ちよくしてやるから」

「っ……なんで、そんな、恥ずかしいこと、っ……」

「これからもっと恥ずかしいことするのに、言えないの？」

違和感を無視できず答えを迷っていると、焦れたらしい冬吾が胸の先に指を伸ばして、布地の上からカリカリと引《ひ》っ掻《か》いてきた。

「あっ……⁉　んぁあ！　ぁあー……！」

「ブラしてないから……パジャマの上からでもわかるくらい、乳首、やらしくなってる」

「ふぁ、っ……！　だめ、っ、それっ……」

「どんどん硬くなってるのに？　ダメ？　これが欲しかったんだろ？」

「ぁああ……っ！」

きゅうう、と凝った両乳首を、パジャマごときつく摘まれた。

痛いはずなのに、下腹部からつま先まで痺れが駆け抜けて、愉悦の涙が浮き上がる。

余韻が消え去らないうちにまた爪で引っ掻かれ、膨らみの中に押し込んで捏ねられた。

「あっ！　あ……！　ぁあ……！」

パジャマをさりさりと撫でる乾いた音と、小鈴の媚びるような鼻声が、ひっきりなしに続いている。

次第に脚の間がじっとりと潤み、嬲《なぶ》られている乳首と同じくらい腫れて、痛みまで生じはじめた。

「っん……！　ふぁ、ぁー……きもち、っ、ぃ……」

「だよな？　素直な方が、小鈴らしくて……可愛いよ」

「っ……とぅ、ご、さ……まって、まっ……ずっと、ずっとしちゃ、だめ、ちょっと、きゅうけ、ぃ、……んん……っ！」

振り向くとキスをされて、すぐさま入り込んできた舌に優しく口内を慰められ、腰が砕けそうになる。

心から愛しあえる相手と一緒になりたいと願っているのに、甘い言葉と愛撫に簡単に陥落してしまう身体の未熟さが、情けなくてたまらない。

「ん……っ……んっ……！　ん……！」

胸への愛撫にあわせて腰が揺れはじめると、早くこの恥ずかしさから開放されたくなって、キスが終わるなり涙目で頼み込んだ。

「っ……冬吾、さ……おねが、ぃ、もう……も、ベッド……っ……」

冬吾だって、わざわざ労力をかけたくはないはずだ。積極的なことをねだる分には聞いてくれるだろうと思ったのに、余裕の笑みを向けられる。

「ダメ。このまま、膝がガクガクして立ってられなくなって、俺が欲しいって本気でおねだりしてくるまで、可愛がりたい」

「え……？　あ……！」

執拗《しつよう》に胸の先ばかり弄っていた冬吾の片手が、シャツワンピース型のパジャマの裾をたくし上げて、脚の間に潜り込んできた。

「あっ……！　立ったまま、なんて、ひぁ……！」

指先でショーツの縁を撫でられただけで、身体が跳ねる。

「こら。じっとして」

腹部を抱き寄せて固定されると、身長差で踵《かかと》が浮きそうになる。不安定な体勢に困惑している間にも、クロッチの上から陰部を揉み込まれて、またびくついてしまう。

「んぁ！　ふぁ、あ……！」

「……すごいな。胸弄っただけで溢れてる……。もっともっと、小鈴の可愛いところが見たい」

もう身体は完全に屈服しているのに、冬吾はまだ恋人の演技を続けている。

「ねえ、とうごさん、もう、ふつうに……あ……！　あっ……！」

下着の上から割れ目の間にぐいぐいと指を押し込まれただけで、種を予感した膣が熱く疼き、収縮しはじめた。

「んぁ……！　だめ……下着、が……よごれ、ひゃ……」

「今更？　もうぐしょぐしょだよ」

圧迫されるたびに蜜が溢れて恥ずかしい水音がして、でも自分ではどうしようもない。

「こっちも……硬く膨らんで、すぐわかる。可愛い」

「ひぁ、ぁあぁ……！」

パンパンに勃起していた陰核を下着の上から捏ねられて、つま先が床を蹴って宙に浮いた。

どんなにびくついても、冬吾は片腕でがっしりと小鈴を抱きかかえたまま、坦々《たんたん》と花芯を嬲り、際限なく快楽を引き出してくる。

「っあ……らめ、っ……くる……なんか、へん、っ……へんっ……」

もう、何も抗《あらが》えなかった。全身の血が波打ち、頭の中が白く霞んで、涙が溢れる。

お腹の底から熱い塊がせり上がって、腰がひときわ大きく跳ねた瞬間——冬吾の指先が、感覚の鈍い花弁へと移動していく。

「あ……っ、あ……？　あ……、なん、れ……」

「ん？　もっと欲しい？」

前回のように、ずっと冷静に観察されていたのかもしれない。

冬吾は小鈴の変化を何もかもわかっているらしく、くすくすと耳元で笑って、何度も頬に口付けながらあやしてきた。

「小鈴？　欲しいよな？」

「っ……ぁ、う……」

「言えたら、続きしてあげるよ」

今度こそ完遂するために、より積極的にさせようとしているんだと思って、小鈴は覚悟を決めた。

初めて自ら冬吾の胸元に頬を擦り寄せ、ぎこちなく、恋人らしく甘えて見せる。

「欲しい、から……。お願い……続き、もっと、して……」

「……ん、いいよ。可愛く言えたから、いっぱいあげようか」

「あっ……!?」

やっとベッドに移動してくれると思ったのに、すぐさま、ショーツの中に冬吾の手が滑り込んできた。

花弁の間に指を浅く差し込まれ、膣口を擽るように蜜を掬《すく》い取《と》られると、期待でお腹がビクついてしまう。

「ぁあ、あ……！」

「もうナカに欲しがって、入り口が吸い付いてくる」

「っ……や……ちがう、そっちじゃ、」

「でも、クリだとすぐイっちゃうだろ。それに、ちゃんと俺と繋がった時も感じてほしいから」

「あ……！　あっ、ぁああ……⁉」

くちゅ、と小さな水音を立てて指が滑り込んでくる。痛みはない。それどころか、二度目だからか、なんだか物足りない気すらして。

「やっぱり、狭すぎ。もっと太いのが欲しいって思えるまで、ココでいっぱい気持ちよくなろうか」

「え……？　あ……あ……！　あぁあ……！」

冬吾の指は的確で、迷いがなかった。

以前探り当てられた場所に指を添えてこりこりと摩擦された瞬間、糸で吊《つ》られた人形のように仰け反って、嬌声《きょうせい》を上げていた。

「ひぁ！　ぁあ……！　あぁあっ……！」

指の動きにあわせて、甘い鳴き声と濡れた音が暗い寝室に響きわたる。

涙で目の前の夜景が滲んで、がくがくと腰が前後しはじめた。

「ぁあ、あ……！　と、っ……とぅご、さ……まっ……まって、そんあ、ずっとしちゃ、あ……！」

「……前より感度上がってないか？　ここでそんな感じてたら、もっと奥突いた時、どうなっちゃうんだろうな」

痙攣してももがいても淡々と摩擦されるのが怖くて、冬吾の腕に爪を立てる。

「小鈴、他の男なんて探さないで……ずっとそうやって、俺にしがみついてろよ」

「あ、あ……！　も、いい、いいの、いれてへいき、らか……んぁ、ぁあー……！」

「今度は丁寧にするって言ったろ？　今日は絶対、小鈴の中まで知りたい。俺のものにしておきたい」

「あぁ、あ……！」

膣を擦り上げる指の動きは、決して激しくはない。

ただ丹念に休みなく擦られるだけで、赤ん坊のように口から唾液が溢れ、四肢が痙攣しはじめる。

「さっき言い返してくれた時、本当にいい女だなって思った。小鈴なら、本気で………

かも、って……」

「と……ぅご、さ……？」

最後の方は、小さく掠《かす》れて聞き取れなかった。

もっと彼を理解して、応えたい。

なのに快感にくらくらして、冬吾が何を言っているのか、理解する余裕がない。

「だから、いっぱい気持ちよくなって」

「あ、あ……？　ぁあぁぁ……！」

一度指が抜かれて、でもすぐさま差し込まれた。

さっきより、大きく広げられている。

強い摩擦がたまらなくて、目尻に溜まった涙が頬を滑り落ちた。

夜景に重なって、窓ガラスに自分たちの姿が映っていることに気付く。

パジャマの裾をたくし上げられて腰をびくつかせている自分と、背後からこちらの反応を観察している冬吾の姿。

脚の間から冬吾の手を伝って愛液が糸を引き、彼が中で指を動かすたびに揺れて、滴り、また新しく溢れていた。

あまりに卑猥《ひわい》な光景に、見ているだけで膝から力が抜けて倒れかけ、窓に手をついて寄りかかる。

「痛くない？　今、俺の指……二本入ってるの、わかるか？」

「っあ……！　あっ……！　わか、っ、ぅ……ぁあー……！」

ぐりぐりと奥をほじって教え込まれて、ちか、ちか、と目の奥が白く弾けた。

「小鈴のお腹の中、熱くてうねって、すごく気持ちよさそう……俺もヤバい……」

いつの間にか穏やかに達し続けていて、臀部にこわばった男性器を押し付けられたことには気付けなかった。

「あ……あ……！　ふか、っぃ……、へん、っ……へんっ……ぁあ、あああ……！」

「……小鈴？　もしかしてイってる？」

冬吾の笑ったような吐息が、首筋を掠めた。

ぐぷ、くぷ、と空気の混じった音を立てて、冬吾の指が中で蠢《うごめ》き続けている。指を深く引っかけて恥骨を抑え込まれると、手のひらで陰核まで刺激された。

「ぁあぁあ……！　あ、っ……あああ……！」

首筋にキスを繰り返されると、膣がひときわ強く冬吾の指を締め付けて、全身から汗が噴き出す。

「あ……！　あ……！　あう……あぁあ……！」

「またイってる……。よかった、ちゃんと慣らしていけば大丈夫そうだな」

びくっ、びくっと全身が震えて息が止まりかけているのに、冬吾は指の動きを止めてくれない。

「あ、ああ、ぁ……！　っとう、ご、さ……もう……も、変になる、っ……ゆび、とめて、っ、とめ……っ、やあ、ぁっ……」

がくがくと全身を震わせながら必死に振り向く。

冬吾の顔を見れば少しは落ち着くと思ったのに、涙が邪魔で全然見えない。

ただ、相変わらず、表情や反応をつぶさに観察されていることだけはわかった。

「気持ちいいのに、いらないの？　今の俺、小鈴の理想通りの男だろ？　それとも……もっともっと、甘やかした方が好み？」

「と……とうご、さん……？　あ……んぁっ……！」

不機嫌な声を不思議に思うと、やっと指を抜かれて、ふわりと抱き上げられた。

ベッドに仰向けに寝かされるなり、パジャマと下着を剝《は》ぎ取《と》られて全裸にされる。

「小鈴、好きだよ。愛してる……」

「あ……」

やっと見えた冬吾の表情は、想像していたような穏やかな笑顔ではなかった。

どこか苦しげな、険しい顔で。

愛故の行為じゃない、契約を果たそうと努力してくれているのに、『嫌だ』なんて言われたら不機嫌にもなるだろう。

だからどんな言葉も受け入れなくてはと思うのに、恋人を演じながらのキスが落ちてくると、快感でかき消されていた違和感が蘇《よみがえ》って眉を顰める。

――私が望んでしてもらってることなのに……。

――なんで、また……。

違和感の原因に、あと少しで手が届きそうな予感がある。

それがわかれば、もっと行為に集中できて、冬吾の親切を素直に受け止められる気がするのに。

「ちゃんと幸せな初体験にしてやりたいから……繋がった後、すぐ気持ちよくなれるように、もっと慣らしておこう」

「え……？　えっ？」

今度こそ挿入するのだと思っていたのに、彼は小鈴の膝を立てて両脚を大きく開かせたかと思うと、脚の間に屈《かが》み込《こ》み――尖《とが》って剝き出しになった陰核を吸い上げてきた。

「あ……あっ⁉　なん……なんでっ……っぁああ……！」

舌で扱かれて仰け反ると、再び指がめり込んでくる。

さっきよりも圧迫感があるのに、長く達した余韻でぐずぐずに蕩《とろ》けた粘膜はじりじりと広がって、すぐに侵入を許していた。

「力抜いて、息して。気持ちいいのだけ感じてて」

短い助言の後、またすぐに陰核を舌で嬲られる。

快感で腰がかくんと迫り出した隙を狙って、入り口に食い込んでいた指が、ずりずりと中へ滑り込んできた。

「あうっ……！　ぁあ、あぁぁ……！」

膣口をめいっぱい広げて満たされると、自然と内腿《うちもも》が震えて、冬吾の頭を締め付けてしまう。

さっきと違って、冬吾の指は中にとどまったまま全く動かない。陰核への摩擦にあわせて膣が蠕動《ぜんどう》しはじめると、中の細かな襞《ひだ》を擦ってほしくてたまらなくなってきた。

「っとうご、さ……なか、っ……あ……つらい、から……っ……もういいからぁっ……」

冬吾はもう、焦らさなかった。

陰部をしゃぶりながら指を動かし、ぐっとお腹の方を圧迫してくれる。

「ひあ、あぁあっ……！」

太腿できつく頭を締め付けてしまうと、冬吾が短く唸《うな》って鼻息が荒くなる。でも彼は離れるどころか、更に舌を押し付けて摩擦を強め、指を小刻みに前後させはじめた。

「あ、あっ……あっ……!?」

蜜をかき混ぜる水音に、聴覚まで犯される。

充血しきった膣壁を摩擦しながらお腹を押されると、頭の中が真っ白になった。

「あっ、あっ、あ……いく、っ……イ、っ……あ、あ……!」

足で、冬吾の身体を蹴ってしまった。痙攣する腰を押さえつけられると、代わりに背中が弓なりに反って悲鳴が掠れる。

「あぁあ、ぁあ、あー……っ、あー……!」

次第に呼吸すらまともにできなくなってのたうつと、やっと冬吾が愛撫を止めて身体を起こした。

「よかった……いっぱい広げたまま、感じられるようになったな」

「あ……ぁあうっ……!」

指を引き抜かれた後も、全身の痙攣が止まらなかった。腰は淫らに前後して雄を誘い、摩擦を失った膣はもぐもぐと蠢いていて。

自分の身体がこんなふうに男性を欲するなんて、と怖くなる。

「少し待ってて」

は、は、と犬みたいに乱れた呼吸が止まらない。頭がぽーっとする。

濡れた視界で見上げると、冬吾がパジャマを脱いでいるところだった。

性器を軽く扱いて、避妊具を取り出して装着する。

——わたし、冬吾さんと……今度こそ、ほんとに……。

動悸がしている。

でもそれは、初めて出会った時のときめきや、前回挿入を試みた時の緊張とは何かが違う。

沢山気持ちよくしてもらって息が上がっているせい、もしくは前回、どうやって動くか教えてもらったから、少し怖いだけだと思おうとした。

でも——。

「小鈴、可愛いよ……」

誤魔化せない、決定的な違和感が頭を擡《もた》げた。

二人でいるのに、一人きりのような気がして、なんだか怖くなってくる。

——だって。

——本当の冬吾さんは……こんなこと、言わない。

——……？　……本当の冬吾さん？

「ゆっくりする、痛くしないから」

優しい声が、どこか遠い。

だって作りごとだ。全部。

「あ……」

涙で歪んだ視界の中で、自分の両足がみっともなく広げられていく。

それもどこか、他人事で。

恋人のようなキスに、違和感と虚《むな》しさが際限なく膨れ上がる。

——どうして……？

きっと、気持ちよくしてくれる。

そうしたら、このわけのわからない違和感はかき消えてしまうから大丈夫。

脚の間に、冬吾の性器がぬるりと押し当てられる。

念入りに解された膣口が広がって、前よりも、楽に受け入れられる予感があった。

何も間違っていない。小鈴が頼んだ通りだ。

「小鈴。俺のこと、好き？」

誰もが振り向く、整った顔。

欠点なんて、一つもない。

黒い瞳が優しい光を湛えて、小鈴を夢の世界に連れ去ろうとしている。

「俺は……大好きだよ。いつも一生懸命なところも、ちょっと夢見がちなところも、俺に何を言われても、ちゃんと自分の恋愛を語れるところも。約束したら、絶対に守り通してくれるところも」

小鈴は、小さく首を横に振った。

――私はもう、知ってる。

――本当の冬吾さんは、甘いだけの王子様じゃない。

――時々強引で、王様気質なところがあって。

――だから……。

「……冬吾さん、本当にもう、そういうこと、言わないで……」

「……小鈴？」

口にして、違和感の正体にやっと気付いた。

せめて、最後に身体を繋げる時くらいは、一番大事な瞬間は、本当の彼でいてほしい。

ちょっと偉そうで、強引で、考えや価値観が全くあわなくて、小鈴のことを好きではない。

そんな〝神宮寺冬吾〟のままで抱いてほしい。

『恋愛なんて勘弁だけど、約束だから抱いてやるよ』というのが冬吾の本心なら、その方がいい。

嘘や作りごとなしに、思ったことを言いあえる彼の方が、ずっと——。

——あれ……？　私……？

「なんだよ、どうした？　照れてる？」

「あ……」

完璧な笑顔が、小鈴だけに向けられている。

優しく頭を撫でて、額と鼻先を擦りつけて、何度も唇を啄まれる。

友人との食事会でも、パーティーでも、緊張した小鈴を気遣って、助けて、思いやってくれた。

徹底的に尽くして、痛いことなんて一つもしなくて。

だから、冬吾の心をかき乱す女性の存在に、胸が苦しくなった。

仲が良い様子でもなかったのに、どんな関係だったのか想像して。

今も、自分に対する睦言と同じような内容を梨花にも囁いたことがあるのか、気になってしまう。

──これは……嫉妬？

──私……冬吾さんのこと。

──好きに、なってる……？

「小鈴。大好きだよ……」

「っ……」

迫真の演技に、真実だと勘違いしたくなる。

冬吾は、ウエットな恋愛なんて求めていないのに。

三浦だって言っていた。

冬吾は、簡単に近寄って来る女性には興味がないと。

異性として興味がない子を、恋人役に選んでいると。

「ほんと、可愛すぎて……俺も辛くなってきた」

「ひあ、っ……」

冬吾がぐっと腰を押し付けてくる。

ぬるりと浅く滑り込んできた冬吾の一部が、演技以上に違和感に──異物に感じられた。

胸の奥が痛みだして、火照った身体が冷えていく。

「……まって……ちょっと、待って、ください、」

「また『まって』？　小鈴は焦らされるのが好き？」

冬吾は楽しげにくすくすと笑った。

今まで通り、ただ恥ずかしいだけだと違いしているのだろう。

「大丈夫。指、痛くなかっただろ？」

「っ、そうじゃ、なく、っ……」

まだ先端が入りかけているだけなのに、どうしてか、冬吾の呼吸が荒い。

「っ……小鈴……小鈴……」

恋人のように名前を呼んで、顔にキスを繰り返されて。

ぐいぐいと、異物が食い込んでくる。

前は頑《かたく》なに拒んでいた自分の身体は、心を裏切って簡単に広がっていく。

「っ……や……、まって……っ……ま、っ……」

冬吾の肩を押し返した。びくともしない。

それどころか両手を握ってシーツに押さえつけられて、何もできなくなってしまう。

「っ……まって……！　冬吾さん、ほんとにっ……」

「……小鈴？」

「無理……むりなの……っ！」

冬吾が、局部を押し付ける動きを止めた。

じっと小鈴の顔を覗き込み、そうっと両手を離す。

シーツの上を這って距離を置くと、食い込んでいた亀頭が離れて、愛液が糸を引いた。

「ご……ごめんなさい。なんか、いざとなったら……。少しだけ待ってください。ちょっとだけ、深呼吸……。落ち着けば、平気だから……」

このまま抱いてもらうのが嫌なわけではない。

恋に気付いてしまったから。

動揺が落ち着くまで、少し時間が欲しかっただけだ。

痛みを気遣ってくれた人だから、このくらいの願いは聞いてくれるはず。

なのに冬吾の表情は、みるみる険しくなっていく。

「冬吾さん……？」

「……やめておこうか」

「え……？」

何も演じていない。現実の冬吾だった。

小鈴のことを好きではない、ただの知り合い。

ギブアンドテイクの関係。

素の彼を望んでいたはずなのに、こんなに冷めた目をした彼を見るのは、初めてで。

「二度目でも違和感があるなら……無理してまですることじゃない。やっぱり、好きな相手じゃないときついだろ」

「っちが……そうじゃないですっ、そういうことじゃなくて、」

今気付いたばかりの感情を受け入れるだけでもいっぱいいっぱいなのに、上手く誤魔化すための言葉なんて、すらすらと出てくるわけもなく。

「その、変に色々考えすぎちゃって、それで……」

その場凌ぎの言い訳は、小鈴自身の耳にも空虚に響いた。

「割り切れないなら、自分の感覚に正直でいた方がいい。後で後悔しても取り返しがつかないし、初めてが嫌な思い出になったら辛いだろ。俺だって終わった後に泣かれたら寝覚めが悪い」

何もかも彼の言う通りで、すぐに追《お》い縋《すが》れなかった。

冬吾がコンドームを外して、服を着はじめる。前と違って、まだ身体は興奮してくれている様子なのに。

慌てて身体を起こそうとしたが、何度も指で与えられたせいか、下肢に力が入らない。なんとかベッドに肘をついて、上半身を起こす。

「まって……ちゃんと割り切れますっ。ちょっと緊張しただけで、もう平気ですから！　後で冬吾さんに迷惑かけたりなんてしません……！」

「嘘つけ。指、冷えてた。無理するなよ」

冬吾は、信じてくれなかった。

小鈴の陰部をティッシュで拭って、毛布をかけ、あっけなくベッドから下りると、クローゼットから毛布を取り出す。

「待って……どこに行くんですか、」

「向こうのソファーで寝るから、小鈴はベッド使いな」

「っ、そんな……」

振り向いた冬吾は、怒ってはいなかった。

むしろ小鈴を心配そうに見つめて、本当に気遣ってくれていることが伝わってきて。

それも、小鈴の好きになった、冬吾の優しさの一つだった。

「そんな顔するな。むしろ俺だけ約束守ってもらって、得したくらいだ。〝本当に愛してくれる相手〟のために、大事にとっとけよ。……おやすみ」

引き留める間もなく、冬吾は毛布を片手に、リビングへ去っていく。

残された小鈴は、しばらく呆然とドアを見つめていた。

『いつも恋人役の子まで本気になって、冬吾がうんざりして別の子に変えるまでがセットなんだよな』

『勘違いして泣いた女の子、何人見てきたか……』

追いかけたくても、三浦の言葉が、小鈴をベッドに押しとどめた。

少なくとも、恋人役を任されるくらいには、信頼してくれたのだ。

二度と会うことはないにしても、恋をしてしまったみたい、なんて打ち明けて疎まれるなんて、絶対に嫌だった。

そして、抱いてもらうために都合の良い嘘を重ねるのはもっと嫌で。

――違和感なんて、無視すればよかった……。

――冬吾さんが演じてくれた優しさだけを受け止めて、最後まで抱いてもらえばよかったのに……。

何も行動してこなかった自分を脱却せねばと思っていたのに、結局最後の最後で躊躇った自分は、何も成長できていない。

一睡もできないまま朝を迎えてリビングに出ていくと、冬吾の姿はなかった。

残っていたのは、

『仕事だから先に出る。家の中のものは好きに使って』

という、そっけないメモだけだった。

◇◇◇

「……、くそ……」

ソファーの上で毛布に包《くる》まった冬吾は、何度目かの寝返りを打った。

小鈴の内側の、熱く濡れて絡みついてくる感触が、甘えてくる声が、指先と耳朶《じだ》にこびりついて離れない。

小鈴がハイヤーに現れた時。

あまりの変貌っぷりに、見蕩れてしまった。

今日限りの関係なのに、他の男から視線を向けられるだけで許せなくて。恋人役を言い訳に、パーティー中ずっと腕に抱きつかせている自分がいた。

慣れない場に気後れしてしがみついてくる小鈴は愛らしく、危ういほど初心で、積極的で世間擦れした女性に飽きた男たちの視線を集めていた。

数時間後には俺が抱くんだ、俺が初めての男になるんだと想像して優越感に浸り、気を抜いていたのがいけなかったのだろう。

目的の人物と名刺交換を終え、小鈴と待ち合わせたバーカウンターへ戻る途中。

『冬吾くん！』

聞き覚えのある声に呼び止められて、名刺入れを落としそうになった。

菊池《きくち》梨花。

初恋の相手。そして、唯一の失恋の相手だ。

『全然メッセージの返事くれないから、冬吾くん来てないかなーと思って、親に頼んでいろんなパーティーに顔出してたの！　こういう場所が好きじゃないのは、相変わらずなんだね』

派手なリップとアイシャドウ。

昔は物静かな子だったのに、男にちやほやされることを覚えてから変わってしまった。

中学時代に冬吾が彼女を振った後も、彼女は男が途切れるたびに、ストーカーのごとく冬吾を追いかけ回してきた。

けれど大学在学中、冬吾が起業したと知るなり、

『親の会社に入れば安泰なのに……。起業なんてギャンブルじゃない。しかも親の援助も断って、わざわざ外からお金を借りてはじめるなんて、危なくない？』

と言って離れていったから、やっと興味を失ってくれたと思っていたのだ。

――なのに、事業が上手くいきはじめた途端に手のひら返して……。

――婚約者だって言えば引くかと思ったのに、小鈴にまであんな態度を取るなんて。

――本当に、ろくな女じゃない……。

彼女は施工会社の社長令嬢で、親同士の事業の絡みもあり、強く拒絶できないことがもどかしい。華やかな場に顔を出して冬吾をつけ回すことができるのも、彼女の実力ではなく、親のコネのおかげだ。

でも梨花が現れたからこそ、小鈴が一層輝いて見えた。

『あなたがどう思おうと……私は、冬吾さんの婚約者です』

慣れないヒールでふらつきながら駆け寄ってきて、ぎゅっ、としがみつかれて。

感謝よりも先に、ぞくっと腰に痺れが走った。

――可愛い、愛《いと》しい、早く食いたい、他の男にこんなふうに振る舞う小鈴は、絶対に許せない。

そんな独占欲が湧いて、マンションへ帰る時には、彼女を抱くことで頭がいっぱいになっていた。

なのに小鈴はといえば、冬吾とのセックスなんて、一切頭になかったらしい。

嬉しそうにナンパを報告されて、生まれて初めて嫉妬を覚えて。

気付けば、ベッドの上で必死に理想の男を演じて、彼女を振り向かせようとしている自分がいた。

何度も可愛いと囁くうち、冬吾自身、演技と本気の区別がつかなくなって。

彼女の夢を――純粋な愛情関係を否定したくせに、挿入する頃には、完全に恋人気分だった。

でも世の中、最後は卑怯者《ひきょうもの》が暴かれるようにできている。

『無理……むりなの……っ！』

そう言われた瞬間、『え……無理……』と拒絶された、失恋の記憶が蘇った。

あの日拒まれたのは心で、今日は身体だ。

でもどちらも、〝存在を受け入れられない〟という純粋な拒絶であることに変わりはない。

梨花のことはもう何とも思っていないけれど、あの日傷ついた心を無視し続けていたのは、よくなかったのかもしれない。

だって――。

小鈴を愛しいと思ったなら、正々堂々と『一晩だけ本気で愛させてほしい』と伝えた上で、約束を果たせばよかったのだ。

なのに告白なんて頭を掠めもしなかった。

契約を盾に美味しく処女をいただいて、独占欲を満たすことしか考えていなかった。

純愛を期待している小鈴が、自分を選ぶわけがないから。

また傷つくのが怖いから。

「……小鈴、……」

何度寝返りを打って深呼吸しても、腰の疼きが鎮まらない。

仕方なく下着の中に手を入れると、そこは驚くほど硬くぬるついていた。当然だ。二度も挿入直前まで漕《こ》ぎ着《つ》けて中断したのだから。

目を閉じて扱き立てると、快楽でとろんとした小鈴の表情や、何度も達してひくひくと震える身体、それに平時からは想像もつかない、甘ったるい声が蘇る。

「っ……小鈴……、小鈴……」

絶頂はあっという間だった。

吐き出した体液は濃厚で、一度では全く治まりがつかない。

二度射精しても足りなくて、寝室の小鈴を犯したくなってきて、女性に対してそんな情熱が残っていた自分に驚いた。

シャワーを浴びて欲望を誤魔化してみても、脱衣所に置いた、小鈴のために用意させたスキンケア用品を見ているだけで、またムラムラとしてきて。

もし小鈴のように、

『きっといつか、心から愛しあえる女性と出会える』

と強い心を持って信じ続けていたら。

小鈴と出会ったあの夜に、お互いを運命の人だと確信していたのかもしれない。

傷つかない考え方を選んだ自分は、とても小鈴に見合う人間だとは思えなかった。

3　この恋が、運命じゃなくても

「ん……？　お兄ちゃんがどうしてたかって？」

年が明けて早々の、一月三日。

向かいであずき茶を飲んでいた千春が、きょとんと顔を上げた。

「……うん。ほら、千春ちゃんの家、お正月は親族みんなで集まるって言ってたでしょ？　それで……」

小鈴は、運ばれてきたばかりの吹き寄せご飯に視線を落とし、言葉を探した。

大手の、老舗和菓子屋のコンセプトカフェ。

少しお高めだけれど、大学生時代から、千春と初詣に行った後はここでランチをするのが恒例になっていた。

年始のランチタイム過ぎでも賑《にぎ》わっているのは、ターミナル駅直結の有名ホテル内という立地故だろう。和とモダンの融合した余裕のある空間は少し特別で、リッチな気分にさせてくれる。

　上品な陶器に盛られた彩り豊かな根菜類にも、食欲をそそられて――いたらよかったのだけれど。

　あの悲惨なクリスマスイブの夜から一週間、後悔ばかり重ねて寝不足続きだったせいで、小鈴の顔色は冴《さ》えず、食欲も消えていた。

　――好きだなんていっても、たった二晩契約の上で過ごしただけで、価値観は真逆だし……。

　――初めて触ってくれた人だから、ちょっと失恋気分になっちゃってるだけで。

　――きっと、未練ってものですらないはず……。

　だから仕事に追われていれば、すぐに思い出になるだろうと思っていた。

　なのに毎日冬吾のことが頭を過《よ》ぎり、梨花との関係を想像しては落ち込んで。

　日に日に、もう一度会いたい、話したい、と焦がれる気持ちが増していった。

　酷い別れ方をしたからだ、一言謝ればスッキリするはず、と電話をかけようとしたけれど、三浦の言葉を思い出すと、追い回すようなことをする気にもなれない。

「それでほら、冬吾さんとも会ったのかな？　って……元気そう、だった？」

　ご飯に柚子《ゆず》七味をふりかけつつさりげなく聞いたのに、千春は案の定、瞳をきらきらと輝かせた。

「『冬吾さん』だってぇ！　もしかして、いい感じだったりする⁉　ほら、あの日のことを根掘り葉掘り聞くのは野暮かなぁと思ってたけど、ずーっと気になってウズウズしてたんだよ！」

「えっ⁉　いやっ、そういうのじゃないから……！」

身を乗り出されて、心臓が飛び出そうになる。

友人たちとの食事会後、メッセージで一言お礼は伝えていたけれど、千春も年末は忙しかったらしく、簡単な返信が戻ってきただけだった。

でもまさか、

『言い合いになって、エッチをねだって、好きになっちゃった、てへ』

なんて告白する勇気があるわけもなく。

かといって、嘘を助けてくれた友人にまで嘘をつきたくなくて言葉を濁した。

「ただその、お世話になったし、ちょっと気になっただけで……！」

「ふ～～ん………？」

したり顔で見つめられて、だらだらと背中を冷や汗が流れていく。

「お兄ちゃんはまあ、元気だったよ。ただ……」

「……ただ？」

千春は焦らすように、三が日限定のお赤飯セットのお多福豆を頬張り、「ん～」と唸った。

「何か思い悩んでる印象だったかなぁ？　たまに、ふか～いため息なんてついちゃって、らしくない感じで。仕事は上手くいってそうだったし……やっぱり、小鈴ちゃんと何かあったんでしょ？」

「いやいや、何もないってば！」

「でもねえ。お兄ちゃんにも、小鈴ちゃんのこと聞かれたんだよ」

「えっ」

箸から、ぽろりと素揚げの蓮根《れんこん》が落ちた。

「『別れ際にちょっと気まずくなったんだけど、何か言われてない？』って。私つい、もしかして冷たくした？　私の親友なんだよ⁉　って叱ったら、むっすり黙っちゃって。何があったの？」

「あ～……えっと……」

話題を振ったことを後悔しても、時すでに遅し。

この後の会話に矛盾が生じないよう、事実に即した内容を慎重に答えた。

「実は……食事会は、冬吾さんのおかげで上手く切り抜けられたんだけど、その後、少し喧嘩《けんか》みたいになって、」

「喧嘩？　まさか……お兄ちゃんに何か酷いこと言われた？」

「違う違う！　恋愛観の食い違いというか。ほら、私も考えが極端なところあるし、つい生意気なこと言い返しちゃって」

千春は「ああ～……」と顔を曇らせて、胸の前で両手を合わせた。

「ほんっとごめん！　二人から何も報告ないのは、上手くいったんだろうなと思ってたけど……」

「えっ、なんで謝るの」

「多分だけど。どうせお兄ちゃん、『恋愛なんて下らない』みたいなこと言ってきたんでしょ？」

返事に詰まると、千春は「やっぱり」と額に手を当てた。

「全くもう。仕事はじめてから、そういう子供っぽいこと言わなくなってたのに……。小鈴ちゃんは気にすることないからね？　お兄ちゃん、いつまでも昔の恋愛引きずって、こじらせてるだけだから」

「……昔の？」

「そう。しかも子供の頃のね。今度私がしっかり叱っておくから」

詳しく聞きたかったけれど、本人の知らないところで過去を探ることは躊躇われた。

でも、すとんと納得がいった。

極端な恋愛観も、パーティー会場でどんな美女に迫られても一切興味を示さなかったのも、あまりに極端だと感じていたから。

いや、そんなことより。

嫌な記憶があるのに、あんな演技をしてくれていたのだとしたら。

——そういえば、私がエッチを途中で中断させちゃった時、急に表情がこわばった感じだったけど。

——あれも、昔のことと関係あったり？

——いや、そうでなくても……。

「……私、やっぱり謝らないと」

「いやいや、謝るのはお兄ちゃんだってば。そうだ！　来月私の誕生日パーティーがあるんだけど、招待状送っていいかな？　誕生日は建前で、親の仕事関係者の交流会になっちゃってるんだけど。両親も小鈴ちゃんに会ってみたいって言ってたし、その時、お兄ちゃんから直接謝罪させるから——」

もう頭の中は冬吾のことでいっぱいで、生返事しかできなかった。

味がよくわからないまま食事を終え、お詫《わ》びに奢ろうとする千春を押しとどめて駅前で解散する。

電話しようか迷った末、思い切って、冬吾のマンションへ向かうことにした。

オーバーサイズのニットにタイトスカートという、謝罪には向かないカジュアルな格好が気になったけれど、ぐだぐだ考えて先延ばしにしてばかりでは、理想を夢見ていただけの自分と変わらない。

——自己満足かもしれなくても。何か傷つけちゃったなら、ちゃんと顔を見て謝りたい。

——まだ三が日だから、冬吾さんも家にいるだろうし……。

自力で帰ったから最寄り駅は覚えていたし、冬吾の高層マンションは駅から目視できる距離で、道に迷うこともなかった。

マンションが近付いてくると、

——やっぱり、アポくらい取るべきじゃ？

なんて気弱になって、引き返す言い訳が無限に湧いてくる。

心に鞭打《むちう》って、エントランスの集合インターフォンの呼び出しボタンを押してみたが、返答がない。

「出かけてるのかな……」

出直すべきか迷ったが、明日から連勤が続くし、次の土日休みはずっと先だ。謝罪は早い方が良いに決まっている。

ロビーは住人やゲストのみが利用できるらしくロックがかかっており、仕方なく外で待つことにした。

三十分経つと、バカなことをしているのかなという気がしてくる。

更に三十分経つと日が落ちはじめて、一時間も待ったのに引き返すわけにはいかない、と意地になってきて。

――どうしよう。待つのはいいけど、めちゃくちゃに寒い……っ！　もっと厚いタイツ履いて、インナー重ね着してくればよかった……！

マフラーに顔を埋め、自分を抱きかかえてみても、冷え切った身体には何の効果もない。

アスファルトからは絶え間なく冷気が上ってくるし、出入りする住人たちが不審な視線を向けてくるのも、地味に心を削られる。

街灯が点いて完全に日が落ちると、心細くさえなってきた。

もう帰ろうか、突然家に押しかけるなんて普通に考えて気持ち悪いし――と、また言い訳が湧いて挫けかけた時。

「……小鈴？」

はっと顔を上げると、街灯の青白い光の下に、冬吾が立っていた。

黒のダウンジャケットとチノパンに、白のコート系スニーカー。完全にオフのスタイルだ。前髪も無造作に下ろしていて、学生のような若々しささえある。

思い出は美化されるというけれど、たった一週間ぶりなのに、記憶より格好良くてドキッとさせてくるなんて反則だ。

「あ……よか、っ、よかった……とうごさん、おかえりなさい、」

寒さで歯がガチガチ鳴って、まともに伝わった気がしない。

一歩踏み出すと、膝が震えて転びかける。

「っお前……何やってんだよ⁉」

駆け寄ってきた冬吾に抱き留められただけで、冷え切った血に熱が灯《とも》った。

彼の体温に縋りたくなったけれど、ぐっと押し返す。

めいっぱい冷気を吸って、今度こそ伝わるように声を張った。

「この間は、本当に……本当にごめんなさいっ！」

「え……」

「私からとんでもないことをお願いしておきながら、我儘《わがまま》ばっかり言って。冬吾さんはすごく良くしてくださったのに、」

「いや――いやいやいや、待て、待って、ストップ」

手を握られた。離せないほど、きつく。

先週は簡単に車に乗り込んで隣に座れたし、腕を組めたし、裸にだってなったのに、好きだと自覚してしまった今は、近くにいるだけで心拍が際限なく上がってくる。

「謝りたかったのは、俺の方だから」

「え……？」

冬吾がもう一方の手を持ち上げる。

そこには、家業の和菓子屋、春夜庵の紙袋が握られていた。

「それ……、なんで、うちの、」

「篠宮さんにシフト聞けばよかったんだけど、なんとなく、誰にも知られたくなかったっていうか……謝るために待ち伏せって、ちょっと、ダサすぎるし」

「冬吾さんは謝ることなんて。……というか、普通に連絡くだされば、」

「いや。服とか靴とか、篠宮さんを通して戻ってきたから、もう会いたくないのかと」

「あれは、あんまりにも高価なものだったので……」

預かったまま年を越して、万が一無くしたり汚したりしたら、とても弁償できない。

そう思って慌てて返したのだけれど、急ぐあまりメッセージを添えることすら忘れていたから、あてつけに突き返されたと思われても仕方ないかもしれない。

「とにかく、会えてよかった。謝罪だけじゃなくて、どうしても小鈴に聞いてもらいたいことがあったから……上がって。手が冷え切ってる」

断る理由はなかった。

家に入るなり、

「風邪を引かせたくない」

とバスルームに押し込まれる。圧のある言い方ではなかったけれど、本気の心配が伝わってきて、跳《は》ね除《の》けられなかった。

シャワーで身体を温めてリビングへ戻ると、ソファー前のテーブルに湯呑を運んでいた冬吾が振り向く。

「……よかった。顔色が戻ってる」

なんだか、知っている冬吾と違う気がする。

王子様でも王様のようでもなくて落ち着かない。

「ありがとうございます。おかげさまで、温まりました」

テーブルには二人分の湯呑と、小鈴の勤め先のどら焼きが化粧箱ごと置いてある。

並んでソファーに座り、ぎこちなくお茶を啜《すす》った。

しばらく気まずい沈黙が続き――冬吾がぽつりと、口を開いた。

「小鈴、何時間待ってた？」

「えっと……、……多分、十五分くらい、です」

一時間以上待った、なんて言ったら好意が透けてしまう気がして、手にした湯呑に視線を落とす。

なのに、冬吾は。

「俺は……店からちょっと離れたところで、小鈴がいないかなって観察してて……二時間くらい」

「えっ……にじかん！？！？」

思わず振り向く。耳が赤く染まっているのは、見間違いではない。

「絶対今日話そう、って勇気出して行ったからさ……。休憩時間かも、と思って一時間待って、でも一時間待つと、ここで諦めてたまるか、って気になってきて、もう一時間」

まさにさっき、小鈴が陥っていた心境だ。

それにしたって。

「お店の場所、フロアの奥の角ですし。かなり目立ったんじゃ」

「多分。遠くから見てたから気付かれてないと思ったんだけど……不審者だと思われたのか、突然警備員に話しかけられてさ」

思わず、噴き出してしまった。

だって、想像するだけで滑稽だ。

誰もが振り向くほど目立つ高身長のイケメンで、しかもＶＩＰルームに通される、超優良顧客なのに。

「笑うなよ。俺だって必死だったんだからな……！」

「ご、ごめんなさい、だって……っふふ、あはっ……、私がいないか、聞いてくれればよかったのに。それで、こんなに買っちゃったんですか」

テーブルの上のどら焼きを視線で示す。

三十個入り、五千二百五十円也《なり》。

年始限定の、赤と金のデザインのパッケージ。この時期の主力商品だ。

「お店の女の子、すごい怯えてぎくしゃくしてたから、悪いことしたなと思って」

怯えていたのではなくて、冬吾が格好良すぎて緊張していたのではと思う。

「とにかく、小鈴も食べて。一人じゃこんな食いきれない」

飽きるほど食べているけれど、冬吾に手渡されると特別に美味しそうな気がして頬が緩んだ。

「ありがとうございます。たまには、夕食がどら焼きっていうのもいいですね」

冬吾と一緒に個装を開けながら、さりげなく切り出した。

「白状すると……ほんとは私も、一時間以上待ってました」

特別な意味があるわけじゃない、と誤魔化すようにどら焼きを頬張る。

緊張して、反応が怖くて。黒糖の優しい甘味《あまみ》と、つぶあんの食感に集中する。

冬吾は一瞬小鈴を見つめて、それからどら焼きを一口齧り、「すごい美味《うま》いな、これ」

と嬉しそうに呟いた。

それで、お互いを探り合う空気は凪《な》いだ。

冬吾はぺろりと一つ平らげた。

気に入ってくれたのか、お茶を飲んで、また一つ手に取る。もしかすると兄妹で味の好みが似ているのかもしれない。

「それで、話っていうのは……？」

ドキドキしながら隣を窺う。二時間も待ってくれたのだから、よほどのことだろう。

そうでなくても、過去のことや、梨花のことを聞いてみたい。

千春との関係でも、仕事のことでも、なんだっていい。

――冬吾さんのこと、もっともっと、知りたい……。

でもいくら仲直りしたとはいえ、相変わらず友達ですらない、脆《もろ》くて曖昧な関係だ。ずかずかと踏み込んでいく勇気が出なくて、もどかしく思っていると。

「……さっき、小鈴が謝ってくれた、その、夜のことなんだけど。俺の方こそ、突き放して悪かった」

「そんな……突き放されたなんて思ってません。だって私が、二度も……直前で、」

「いや、あんな一方的に決めつけないで、もっと話を聞くべきだった。もちろん、あの時言った、小鈴を傷つけたくないって気持ちも本心だったけど……」

冬吾は手にした食べかけのどら焼きを見つめて、しばらく考え込んでいた。

それから、雨に濡れた捨て猫みたいな、心細そうな目で小鈴を見下ろしてくる。

自信たっぷりな彼の面影はどこにもないけれど、嬉しかった。

今や、情けない冬吾も、知りたくてたまらなかったから。

「話したかったことっていうのは……。俺、小学生の頃、好きになった女の子がいてさ」

千春の言っていた話だと、すぐにピンときた。

まさか冬吾から打ち明けてくれるほど信頼されていると思っていなかったから、驚きが顔に出そうになりつつ、さりげなく頷く。

冬吾は再びどら焼きに視線を落とすと、感情を押し殺すように淡々と続けた。

一年間悩んだ末、下校途中の公園で告白をして、あっけなく振られて、存在ごと否定された気がしたこと。

昔は太っていたから、それが原因だと思って必死にダイエットに取り組んだこと。

痩せて、思春期に差し掛かった途端にモテはじめて、初恋の彼女の態度もがらりと変わって――『私のことまだ好きだよね？』と迫られたこと。

「別に、潔癖ってわけじゃなかったんだけど。それで……女の子って、中身なんてどうでもよくて、見た目だけでころっと態度を変えるんだ、って気持ち悪く思っちゃってさ」

かける言葉が見当たらなかった。

自分も、冬吾を幻滅させた女の子たちと同じだ。

出会った瞬間、彼の容姿に釘付けになった。中身を何も知らないまま。

「で、その初恋の子が……この間パーティーで嫌味言ってきた奴」

「え……？」

「忘れた？　あの、最後に話しかけてきた――菊池梨花」

「ええっ、えぇぇ……？」

過去に関係があったとしても、冬吾の恋愛観からして、割り切った大人の関係だったのかなと思っていた。

本気で好きだったんですか⁉　あの人を⁉　と、酷い言葉が喉元まで出かかって、察した冬吾が苦笑する。

「まあ……言いたいことはわかる。庇《かば》うわけじゃないけど、昔は全然違ったんだよ。物静かで、読書が好きでさ。でも……思春期でガラッと変わって」

「はあ……」

それにしても、すごい女性だ。

冬吾の魅力にやられてしまうのはわかるけれど、中学生の頃から執着しているということになる。

同時に、冬吾については納得でもあった。

そんなあからさまに手のひらを返されたら、女性も恋愛も懲り懲りだという気持ちになるだろう。

「で。なんでこんな話をしたかっていうと……」

冬吾は食べかけのどら焼きをテーブルに置くと、小鈴へ向き直った。

「この間途中で突き放したのは、未だにガキの頃のことを引きずってる、俺の弱さなんだ。昔告白して、否定された時のことを思い出して。だから小鈴のせいにして、嫌な思い出から逃げただけで……本当にごめん」

「やっぱり、冬吾さんは謝ることないです。私も、ちゃんと理由を説明できてませんでしたし、」

「いや、小鈴は初体験で、付き合ってるわけでもないんだから。混乱して当然だろ」

特別な好意は期待できないとわかっていても、はっきり言葉にされると胸に堪えた。

「……そう、ですね。確かに、恋人じゃないからっていうのはあったかも。もし、好き合ってる人だったら……」

両思いだったら、初めての時の痛みさえ喜びだったかもしれない。

でも冬吾のトラウマを知った今、『本気で好きになってしまった』なんて尚更《なおさら》言えなかった。

――初対面の時、見た目と肩書きだけであんなに浮かれておいて。

――今更、『中身も優しいみたいだし、やっぱり好きになったから、本気で抱いてほしくなったんです』なんて……。

そんな後ろ暗い気持ちなど知らない冬吾は、自嘲して小鈴を持ち上げてくる。

「俺は……本当は、今も素直に理想を語れる小鈴が羨ましいのかもしれない。女子を気持ち悪いと思ったのも、裏を返せば、女の子はもっと純粋で綺麗なものに違いない、って夢を見てたからで」

「……私は、そんな……」

自分が大嫌いになりそうだ。

容姿しか見ていない女そのものだったのに、優しく抱こうとしてくれた冬吾の方が、よっぽど誠実だと思う。

だから、何か返したかった。

傲慢かもしれないけれど、行き場のない冬吾への好意が、ほんの少しでも役に立つのなら。

「だからさ。小鈴がもし……もしまだ俺に、幻滅してなければ……」

冬吾が、歯切れ悪く口ごもる。

トラウマを思い出させてしまった罪悪感のせいか、いつもより冬吾が少しだけ小さく見えて――小鈴は勢いよく立ち上がった。

「冬吾さんっ、行きましょう！」

冬吾が、ぽかんと見上げてくる。

「え……？　どこに……？　っていうか、今一番大事なことを」

「いいからっ、ほらっ、立ってくださいっ！」

「わ、っ……！　な、何なんだよ……っ」

腕を引っ張って、自分のコートと冬吾のジャケットを摑んで外に連れ出し、大通りに出てタクシーに乗り込む。

「冬吾さん、どこですか、その公園って」

「はあ？」

「早く！　言って！」

「えっと……いや、名前なんて覚えてない。ただ、小学校の帰り道で……」

「なんて学校ですか？　そこまでお願いします！」

十分ほど走ると、都心に門を構える、難関私立の小学校に着いた。

「何考えてるんだよ。もう暗いし寒いし、また身体冷やすだろ……」

タクシーを降りてもなおぶつぶつと不満を漏らしている冬吾は、やっぱり、少し怯えているみたいだった。

逃げ出さないように、ダウンジャケットの袖をぎゅっと摑んで先導する。

「電車で通ってたんですか？　駅はこっち？」

「……多分。昔と色々変わってるけど」

地図アプリを頼りに駅へ向かう途中で、冬吾が立ち止まった。

視線の先には、砂場に、滑り台とブランコ、水飲み場が設えられた小さな公園がある。

「確か、ここ……」

街灯はぽつぽつと立っているものの、年明けかつ極寒とあって人影は皆無だ。

「なあ……何を考えてるのか知らないけど、帰ろう」

むっと睨み上げると、大きな身体がぎゅっと縮んだ。

腕を引っ張って公園の中へ足を踏み入れ、ブランコの柵の近くで対峙《たいじ》する。

冬吾は白い息を吐きながら、身を守るようにジャケットの前を閉め、ポケットに手を入れて、不安げにあたりを見渡した。

「冬吾さん、私を見て」

いつも自信たっぷりだった目が、今はおどおどと小鈴を見下ろしてくる。

「冬吾さんは私を羨ましいって言ってくれたけど、私は……私だって、親の躾を言い訳に何もしないで、いつか理想の人が、って現実逃避してただけなんです。冬吾さんに別の世界を見せてもらってやっと、理想に相応しい人間になる努力すらしてなかったって気付いたの」

冬吾は、怪訝《けげん》な顔で立ち尽くしていた。

マンションの外で冬吾を待っていた時は震えるほど寒かったのに、今は伝えたい思いで全身が発熱している。

大きく、息を吸った。

肺の中で、凍《い》てついた大気が溶けて熱くなる。

「私もはじめは冬吾さんの容姿にドキドキしてました。でも今は……恋人を演じてくれた時より、ちょっと偉そうだったり、繊細なところのある冬吾さんの方がずっと魅力的だって思います！　だからあの夜も……演技を止めてほしくて」

白い息が邪魔だ。

冬吾の瞳が微かに揺れた。

公園の脇を通りかかった人の視線を感じたけれど、そんなものは構わなかった。

「だから……冬吾さんがまた太ったって、歳を取ってしわくちゃのおじいちゃんになったって、私には関係ない」

冬吾の悲しい記憶も、捩れて縮こまってしまった心も。

何もかも吹き飛ばすように、冷たい空気を震わせる。

「そのままの、冬吾さんっていう人が、大好きです！　住む世界は違うけど……もし、もしよければ、お友達になりたいって、思ってます！」

冬吾はただ驚き、立ち尽くすばかりで何も言わない。

どうしたら本気が伝わるだろうと、必死に言葉を繋ぐ。

「えと、っ……だから、謝る必要なんてなくて、」

「……誰が、偉そうだって？」

「え……。あっ、いえっ！　ごめんなさい、それはちょっと、勢い余って、言い方が、っ……？」

冬吾が近付いてきて——ぶつかる、と思った時には抱きしめられていた。

「……小鈴、ありがとう」

背中に回された両腕にぎゅうっと力がこもる。

「やっぱり小鈴はイケメンだな。格好よすぎて敵わない」

呆れられているのかと思った。

小さく震えていたから、もしかしたら肩口で笑われているのかも、と。

でも、ずっ、と洟《はな》を啜る音が聞こえて。

「っ……ただ、思ったことを伝えただけです。他に何も、できないから……」

「……そんなことない。俺は、小鈴が……」

何か言おうとした様子だったけれど、涙で詰まったのか、続きを聞くことは叶わなかった。

代わりに、折れそうなほど抱きしめられた。

触れ合った全身から、冬吾の感情が流れ込んでくる。

指先までじんじんと熱く震えはじめて、小鈴の心まで幸せで満ちてきて。

いつまでも抱き留めてあげたかったけれど、冬吾があまりに身を乗り出してくるものだから。

「っと……冬吾さん、あの……た、倒れそう……！」

「あ、悪い」

慌てて離れた冬吾の目尻は、ちょっとだけ濡れていた。

ティッシュを渡すと、恥ずかしそうに横を向いて、ぐずぐずと鼻をかむ。

それは、王様とも王子様とも違った。

やり手の起業家でも、恋人役でもない。

小鈴が初めて恋をした、〝神宮寺冬吾〟だった。

そんな姿を見せてくれたことに力を得て、冬吾の袖をくいっと引っ張る。

「それで、あの。よかったら……ほんとに、お友達になってくれません、か……？」

4　王子様の本気の溺愛を甘く見ていました

「じゃあ、どら焼きは五個入りのをください。あと……草餅を三つお願いします」

「かしこまりました。お手提げは別におつけいたしますか？」

年末年始の手土産需要が過ぎると、次は二月の節分にかけて、豆餅や草餅が台頭してくる。

豆餅と草餅、どちらも捨て難いけれど、小鈴のオススメは草餅だ。よもぎの、暖かな春を予感させる優しい香りがたまらない。

「やっぱ小鈴さん、例の人と付き合ってるんでしょ？」

「エッ……」

お客様を笑顔で見送って、一息ついた時のこと。

贈答用の包装をしていた横田が、「あ、やっぱり当たりだ？」としたり顔で言った。

「ま、まさか！　年始から皆頑張ってくれて、今月も売上いいから、報告上げるのが楽しみだなって……！」

「またまたぁ～。そんなことじゃないでしょ？　もうねぇ、笑顔がすごいもの」

「いつも笑顔のつもりですけど、」

「いつもの数倍、ってこと！　っていうか、すんごいイケメンじゃない！　初めてお店に来た時は、じーっとあの柱の影からこっちを見ててね。二時間もいるから、つい警備員さん呼んじゃったけど……。同じ時間にシフトに入ってた子も、『格好良すぎる～、変質者でもいいっ』とか言って、目を潤ませてたわよ」

「…………、あの、確かに彼は知り合いですけど、ただの友人ですから！」

友人。

事実であるにもかかわらず、小鈴自身もそう宣言すると何かが違う気がして、むずむずと落ち着かない心地になる。

——だって、一緒に公園に行ってから半月以上経つけど、冬吾さん、毎日毎日……。

今朝届いていたメッセージが、ふと脳裏を過ぎる。

『小鈴、おはよ。よく眠れた？　今日は朝から雨っぽい、傘忘れないようにな。あと帰り迎えにいくから、来月の千春の誕生日パーティーのプレゼント、一緒に買いに行こう』

普通、友達に勝手に予定を決められたら、この上なくウザい。

でも、小鈴は冬吾が好きだ。大好きだ。

そして好きだと、王様的な言動も、とんでもなく魅力的なメッセージに思える。

きっといつか、私だけの王子様が……なんて願望を抱いていた時の自分もバカだったけれど、そもそも恋という人生の一大コンテンツ自体が、バカになることと同義なのかもしれない。

それにしたって。

毎日この手のメッセージが送られてくるのは、やっぱりおかしい。普通ではない。

『昨夜、夢に小鈴が出てきた。なんか白いドレス着てさ、花嫁みたいな格好して幸せそうに笑ってんの。すごい可愛くて写真撮ろうとしたのにスマホ見つからなくて、探し回ったところで目が覚めた』

だとか。

『時間できたから、ちょっと電話していい？　仕事でいいことあった！』

だとか。

『小鈴の休みにあわせるから、アフタヌーンティー付き合ってくんない？　一人で甘いものの食いにいくの、ちょっと恥ずかしくてさ』

だとか。

小鈴が返事をしようがしまいが、冬吾のおはようで一日がはじまり、冬吾のおやすみで一日が終わる。

――きょっ……距離感、おかしくない……？？？？？

――千春ちゃんとだって、こんなにメッセージしてないよ？？　用がある時だけだよ？？？

――冬吾さん、元々は甘えっ子だったとか？　長年色々こじらせてたから、その反動とか……。

しかも、メッセージだけではない。

小鈴のシフトを知りたがり、しょっちゅう仕事の終わり際に訪ねてきては、

『どら焼き二つください。あ、帰り、車乗っていく？　裏口の近くで待ってるから』

と言って、半強制的に家まで送ってくれる。

もしかして、両思いなのかもしれない――。

最近ふと、そんな都合の良い考えが頭を過ぎる。

パーティーに参加して格差を知った今は、簡単に舞い上がったらバカを見るとわかっているのに、こんな日が続くと、どうしたって期待が高まって。

いつもアパート前での別れ際に『お茶でも飲んでいきます？』と誘いたくなってしまう。

――でも……付き合ってもいないのに女から家に誘うって、変な意味に思われるかな？　はしたない？

――いや、親の躾の影響受けすぎ？　考えすぎ？

――うーん、エッチなこと二回もしちゃってるから、私の距離感がおかしくなってる気もするし……。

「あ、ほら、噂をすれば。彼氏が迎えに来たわよ！」

「えっ」

顔を上げると、冬吾が満面の笑みで、ひらひらと手を振りながら近付いてきた。

今朝のメッセージ通り、千春のプレゼントを買いに連れ回されるのだろう。

小鈴の家にも誕生日パーティーの招待状が届いて何か準備せねばと思っていたから、それは全く構わないのだけれど。

「小鈴さん、あんないい男、早くしないと取られちゃうわよ～。私だってあと三十歳若ければ……」

「もーっ、だから、違いますからっ！」

否定しつつ仕事を上がって、退勤後、デパートの上階で一緒にプレゼントを選んだ。

「いつも篠宮さんに準備を頼んじゃうけど、小鈴と一緒だと、こうやって店を見て回るのも悪くないな」

なんて言われた時は、ちょっとデートを意識してしまって、何度も心の中で打ち消した。

その後はいつも通り、車でアパートまで送り届けてくれた。

ブルーメタリックの外車。はじめは車高が低くて景色がぐんぐん迫ってくるのが怖かったけれど、何度も送ってもらううちに慣れてしまった。

「そうだ。千春の誕生日パーティーの後、ちょっと話したいことがあるから、空けておいて」

冬吾の誘いなら、いつでも何でも嬉しい。でも曖昧な誘い文句は初めてで、ステアリングを握った冬吾を振り向いた。

「話なら、いつでも聞きますよ？　それに、電話だってしょっちゅう……」

「いや。色々、大事なことを済ませてからでないと」

「済ませる……？」

「ほら。男としてのけじめというか」

どういう意味ですかと聞いても、「小鈴が助けてくれた分、成長した自分を見せたいなってこと。詳しいことは当日に」と誤魔化される。

アパートに着いて車から降りると、夜空からちらちらと雪が舞い落ちはじめていた。

『よかったらお茶、飲んでいきませんか』

今日こそそう言ってみようか、といつもの迷いが過ぎって、でもやっぱり勇気が出ない。

「小鈴。寝る前に電話していい？　小鈴の声聞くと、よく眠れる」

「っ……、いい、ですけど……お風呂入ってたら、出られないかも、」

「そしたら何度もかける。ベッドの中から」

暗いから、顔が赤くなっていたとしても、気付かれていないはず。

やっぱりお茶に誘ってみようと息を吸ったけれど、冬吾に促される方が早かった。

「身体冷やすからもう入って。また後でな」

外階段を上がって二階から見下ろすと、冬吾の車はまだ止まっていた。下町の住宅街に全く相応しくない、低いエンジンの音。

窓から見上げてくれていて、小さく手を振ると、手を上げて合図を返してくれた。

名残惜しく思いつつ家の中に入るとエンジン音が遠ざかって、途端に寂しくなる。

着信が気になりながらお風呂に入って、ベッドに潜り込んだ途端、電話がかかってきた。

『今日も一日おつかれ。ちゃんと湯船に浸《つ》かって温まった？　脚のむくみは平気？　明日も迎えに行っていい？』

眠そうな冬吾の声は、恋人を演じてくれていた時の数倍は甘かった。

好きだよ、という言葉がない以外は、完全に恋人同士だと思う。

電話を切った後も、頬が緩みっぱなしだった。

——友達になったから、優しくしてくれてるだけ？

——それともまさか、両思いだったりする？

——誕生日パーティーの後、今度こそ、うちでお茶飲んでいきませんか？　って誘ってみようかな……？

ふわふわと、夢と現実の境が曖昧になっていく。

また勇気を出してみたら、何かが変わるのかもしれない——そんな期待とともに眠りについた。

千春の誕生日パーティーが開かれたのは、広大な庭園内に建つ、ホテルの披露宴会場だった。

経営者の懇親会に近いと言っていたから、前回のパーティーと似た雰囲気を想定し、冬吾への告白も見据えて、めいっぱいお洒落《しゃれ》をした。

薄いコーラルピンクのアフタヌーンドレスはウエストにリボンがついており、スカートが膝までふんわりと広がっている。袖には透け感のある、刺繍《ししゅう》入りのシフォン生地が使われて、全体的に甘い印象のものだ。

日中のパーティーは、あまり光沢のある素材は用いない方が良いらしい。だからアクセサリーも、ガラスパールのイヤリングとネックレスを選んでみた。足元はヌーディーなベージュのパンプスに、同系色のクラッチバッグ。メイクはシュリンプピンクを基調に置き、透明感を出すためアイシャドウは控えめに。アクセサリーが落ち着いている分、髪は巻いて華やかさを出し、ふんわりとハーフアップにまとめ、ここにもパールのついたピンをチョイスした。

もちろん、以前冬吾が用意してくれたようなハイクラスのファッションブランドには手が届かず、どれもネットで安く見繕ったものではあるのだけれど。

——こっそり篠宮さんに相談して、アドバイスも貰って。パーティーに相応しい格好になってるかチェックしてもらったし。

――お世辞かもだけど、『お似合いですよ』って珍しく笑顔見せてくれたし！

――冬吾さんも、可愛い、とか、思ってくれたりしないかな……。

ロビー近くの受付で招待状を見せると、千春へのプレゼントはその場で回収された。

会場に入ると、一面の窓の外には趣のある日本庭園が広がって、広間には冬の透き通った日差しが降り注いでる。

シフトの調整がつかず遅れての参加だったため、会場はすでにフリータイムに入っていた。参加者たちはめいめい、立食形式のパーティーを楽しんでいる。

――やっぱり、こういうキラキラした場所は慣れないな。

――前は冬吾さんが隣にいてくれたけど……。

「小鈴ちゃん！」

心細い気持ちで千春と冬吾の姿を探していると、着物姿の女性が近付いてきて目を凝らす。

「わ……千春ちゃん!?　雰囲気違ってわからなかった……！　着物、すごく似合ってる。お誕生日おめでとう」

「ありがとう。小鈴ちゃんもすごく素敵！　今ちょうど、両親と小鈴ちゃんのことを話してたところだったの」

千春が振り向くと、中年の男女が千春を追う形でやってきた。

二人は柔和な笑みを浮かべ、緊張している小鈴に温かな眼差しを送ってくれる。

「あなたが高梨さんね！　はじめまして、千春の母です。やっとお会いできて嬉しいわ！」

「千春から常々、お世話になっていると聞いております。娘の我儘に振り回されておりませんか？」

「もう。お父様ってば……！」

「はじめまして、高梨小鈴と申します。お世話になっているのは、私の方です。いつも、とても良くしていただいてます」

大手ゼネコンの長とは思えないほど気さくな語り口に恐縮しつつ、小鈴はほっと緊張を解いた。

しばらく千春との大学生活を懐かしんだ後、両親は他の賓客に話しかけられて、「今度ぜひ、我が家にいらして！」と残して立ち去っていった。

二人きりになるなり、千春がにまにまと口元を押さえる。

「うんうん、両親にも紹介できたし、あとはお兄ちゃんと上手くやるだけだね！」

「……な、何の話？」

「とぼけちゃって〜〜。この間、仲直りしたって連絡くれたじゃない。あのお兄ちゃんが女の子に謝るなんて……やっぱり、ラブラブだよねぇ。私の目は確かだった！」

「あっ……あのね、何度も否定してるけど、今はお友達として仲良くしてもらってるだけで……！」

「そうそう、今はね！　お兄ちゃんに女の子の友達ってだけで、異常事態なんだから！　今まではずーっと女の子を鼻であしらってたし……」

千春にそう言われると、やっぱり両思いなのかなと思えて、顔が火照ってくる。

「っと、ごめん！　私はまたご挨拶して回らないと」

「ああ……忙しいのに、ご両親を紹介してくれてありがとう」

「ほんとは一緒にお兄ちゃんを探してあげたかったんだけど。今度、どんな感じか詳しく聞かせてね。またランチでも行こう！」

「いやっ、だから、冬吾さんとは……！」

まともに否定すらさせてくれず、千春は悪戯っぽい笑みとともに「あとはお兄ちゃんと楽しんで～」とひらひらと手を振って、人込みの中に姿を消した。

ため息混じりに見送りつつ、千春の言葉が頭の中を駆け巡る。

――もしかして、冬吾さんの言ってた『話したいこと』って、告白……だったりして？

熱くなった頬を両手で押さえた。

元々夢見がちだったこともあって、妄想力は高い方だ。

飛躍しすぎ！　と思っても、期待は勝手に高まっていく。

――うぅっ、今冬吾さんに会ったら、絶対挙動不審になってしまう……！

いったん落ち着こうと、ささっと会場から抜け出した。

けれどロビーを横切り、化粧室へ向かう途中。

「あれ……冬吾さん……？」

思わず柱の陰に隠れてしまった。

横顔が一瞬見えただけだ。

でもあの長身とオーラは間違いなく冬吾だった。誰かと話していた様子だ。

聞き耳を立てても、遠くて全く聞こえない。

――ど、どうしよう、引き返す？

――いやいや、どっちにしろこの後約束してるんだし、逃げ回ってどうする……！　いつも通り話しかければいいだけで……。

――でも、いつも通りって？？

落ち着け、落ち着け、と念じるほど動悸が高まっていく。

胸を押さえて深呼吸をして、意を決して柱の陰から覗き込んだ。

声をかけるのが憚《はばか》られるほどの、真剣な横顔。

一体誰と話しているのか気になって、更に覗き込んで――柱の陰に戻った。

――なんで……。

――なんで？

向かい合っていたのは、梨花だった。

しかも冬吾は、以前のように嫌がっている様子は一切ない。

覗《のぞ》き見《み》なんていけない。真面目な話のようだし、今は引き返した方がいい。

そう思いながら、もう一度覗き込んだ時。

梨花が、冬吾の背中に両腕を絡ませた。

背伸びをして、顔を近付けて――でも、最後まで見ていられなかった。

『庇うわけじゃないけど、昔はいい子だったんだよ』

そう言った時の冬吾は、どんな顔をしていただろうか。

腐っても初恋だ。

誰もが振り向くほど綺麗な女性。お似合いの美男美女。

社長令嬢だと言っていたし、家柄も冬吾に相応しい。

『色々、大事なことを済ませてからでないと。ほら。男としてのけじめというか』

『小鈴が助けてくれた分、成長した自分を見せたいなってこと』

よろめきながら、その場を離れた。

人の多いロビーを避けて、でもどこへ向かって歩いたのかわからない。庭園へ続く裏口を示す案内板があって、そのままふらふらとそちらへ進んだ。

——……大丈夫。不釣り合いだってわかってたし。もう夢見る私じゃないし？

——冬吾さんが過去を乗り越えて、彼女と向き合えたなら、少しは役に立てたってことなわけで……。

——友達になれて、優しくしてくれるだけで十分だったんだから。

——この後も、友達の顔で……。

どんなに言い聞かせても、また夢見がちに浮かれていた情けなさに涙が滲んだ。

自分だけを愛してくれる人がいい——その条件だけは絶対に譲れないはずだったのに、愛しあう関係でなければ何の意味もないと思っていたのに、恋のどうしようもなさに怖くなる。

足早になって、視界が涙で滲んでいたせいか。またもやヒールが毛足の長い絨毯に引っかかって、転びかけた時。

「あれ——高梨さん？　高梨さんだよね？」

以前と、ほぼ同じタイミングだった。

デジャヴュを感じつつ振り向くと、見覚えのある男が立っている。

「……三浦、さん……？」

「やっぱり！　神宮寺家のパーティーだし、絶対来てるだろうと思って探してたら……ふふ、また転びかけてるところを目撃しちゃったね。今日も冬吾のバイトだろ？」

「あ……いえ、今日は、そういうわけでは、」

さりげなく目尻を拭いながら、彼も神宮寺建設と取引があると言っていたことを思い出す。

「連絡待ってたんだけどな。前と雰囲気が違うね。今日の方が可愛い感じっていうか……すごく似合ってる。この間の服は、冬吾の趣味だった？」

視界いっぱいに、三浦の笑顔が迫ってくる。

高身長、容姿端麗。高学歴の経営者。

前回名刺を渡された時は、まだ冬吾への恋を自覚する前で。歳の近いイケメン経営者に話しかけられたというだけで、ほんの少しだけ浮かれる気持ちがあった。

でも今は、驚くほど心が動かない。

むしろ迫られるほど、冬吾がどれだけ特別な存在か、実感させられるばかりで。

「……高梨さん？　……泣いてたの？　もしかして、冬吾に振られた？　やっぱり惚れちゃったんだ？」

「っ……いえ、これは……冬吾さんとは、関係なくて、」

「強がる必要ないよ。そういう子、いっぱい見てきたから。アイツいつも、『いい女友達になれたと思った途端、裏切られるんだよな』って愚痴ってたし。俺で良ければ、話聞こうか」

――結局私も、冬吾さんの優しさを誤解した、沢山の女性の中の一人だった……？

冬吾が言っていた通り、三浦はこうやって女性を口説いてきたのだろう。真に受ける必要はない。

そう思ってみても、なかなか現実を受け入れられず、涙がこみ上げてくる。

「……いえ。私はただ、外の空気が吸いたくて……あっ」

断ろうとすると、手首を握られた。思いの外強い力で引き寄せられて、三浦の胸にぶつかる。

冬吾はどんなに強引にする時でも痛むほど握ったりしなかったのに、彼は手を引いても、全く離してくれる気配がない。

「一緒に外に出よう。こういう時は思い切り泣いた方がいい。誰もいないところで」

「あの、離してください、一人で……きゃっ……⁉」

再び強引に引っ張られた瞬間、背後から抱き寄せられ——背中が柔らかい感触にぶつかった。

「いい加減に、ハイエナみたいな真似《まね》は止めたらどうだ？」

地を這う低音。

振り向いた瞬間の胸の高鳴りはどうしようもなくて——小鈴は、やっと気付いた。

恋は、何も思い通りにならない、理不尽なものなのだと。

美しい夜景にふらふらと引き寄せられるのと同じくらい自然に、いつの間にか心を奪われてしまうもの。

現実的な相手を探そう、なんて思っていたけれど、それも結局は〝自分の期待する未来〟を描いていただけだ。

どんな男性を愛するのか、小鈴にははじめから選ぶ権利なんてなかった。

だから仕方ない。

こんな時でもドキドキして、ずっと抱き寄せていてほしくて、『私を選んで』とみっともなく泣きつきたくなってしまうのは。

「冬吾さん……なんで……」

三浦が手を離して後ずさる。

「神宮寺。久しぶりだな。何だよ、俺の前でまで演じる必要ないし、振った女ならどうでもいいだろ?」

「……振った?」

冬吾の眉間に、深い皺が刻まれた。三浦に向けられていた鋭い視線が流れてきて、小鈴は竦み上がる。

冬吾は小鈴に何か言いかけて——でも、目尻が濡れていることに気付いたのか、再び三浦を睨んだ。

「可哀相に、彼女泣いてたんだぞ。だから善意で話を聞いてやろうと、」

冬吾が鼻で笑う。

突き抜けて容姿の整った彼がそんな仕草をすると、ぞっとするほど冷酷に見えた。

「善意なんて振りまいてる余裕あるのか? 噂になってるぞ。投資に失敗して追い込まれてるって。ああ……金目当ての女に見向きもされなくなったから、また小狡《こずる》い方法で気を引くしかないのか」

三浦の顔から笑顔が消え、みるみる青ざめていく。冬吾は容赦なく続けた。

「まあ余計なお世話か。会社が潰れたら、こういう場に参加することもできなくなるんだ

からな。ただ……これだけは言っておく」

冬吾はそこで一呼吸置き、凍える目で睨みつけた。

「小鈴は俺の婚約者だ。二度と近付くな」

作りごとなのに、真実だと錯覚するほど力強い宣言に、またドキっとしてしまう。

その上、冬吾は小鈴の手を握り、指を深く絡めてきた。

「……随分演技に磨きがかかったな。付き合ってるわけでもないくせに、俺を悪者に仕立てて格好つけて、何の意味があるんだよ。お前こそ、彼女に残酷なことをしてるんじゃないか？」

追い詰められた三浦が鼻で笑い返す。けれど苦し紛れの負け惜しみは、惨めさが際立つだけだった。

答える必要すらないと判断したのだろう。

冬吾は一瞥して憐《あわ》れむと、もはや存在しない人間のように背を向け、小鈴の手を引いた。

「小鈴。行こう」

「え……あっ」

冬吾はそのまま裏口からホテルを出て、庭園を進んでいく。

一体どこへ向かうつもりなのか、どんどん入り組んだ小道へ入って、でこぼこした石畳や砂利交じりになってくる。

「っ……冬吾さん、待って、ヒール、っ……わ、っ！」

急に立ち止まられて、顔面からぶつかりそうになった。

見上げると、何故か冬吾は泣きそうな顔で小鈴を見下ろして――ここまで引っ張った強引さはどこへやら、おずおずと両腕を背中に回して、寄りかかる勢いで抱きしめてきた。

「冬吾、さん……？」

さらさらと、遠くに小川の水が流れる音が聞こえる。

冬吾が大きく深呼吸をした。吐き出す息とともに、背中の腕に、ぐっと力がこもる。

もしかして、また梨花に傷つくことを言われたのだろうか。

だとしたら、誰よりも理解のある友人でいたい。

恋人にはなれなくても、『小鈴はイケメンだな』と言ってくれた通りの、彼を勇気付けられる存在でありたい。

でも冬吾の体温が染み込んでくると、好意が言葉になって溢れてしまいそうで、泣く泣く押し返そうとした時。

彼は背中に回していた手を肩に置いて、不機嫌をあらわに見下ろしてきた。

「誰にも取られないように、毎日大事にしてきたのに。最後の最後で、俺以外の男に触らせるな、バカ……！」

「え……？」

「話があるから、一緒に帰ろうって約束したよな？」

「も……もちろん、それは覚えて、」

「じゃあなんで三浦と帰ろうとしてるんだ、アイツはヤバい奴だって言っただろ……！」

理不尽な怒りをぶつけられて、思わず涙が引っ込む。

「っ……わ、私だって、突然話しかけられてびっくりしてたところで……！　それに、」

「それに？　なんだよ」

適当な答えを許してくれる目ではなかったし、この先ずっと誤魔化せる気もしなかった。何より、もう嘘だけはつきたくない。

「……梨花さんと……抱きあってた、から……。話しかけられる雰囲気じゃ、なかったですし……」

冬吾は否定しなかった。それどころか、

「ああ、見てたのか、なら話が早いな」

なんて言って微笑みかけてくる。

「小鈴が救ってくれたことを証明したかったから、昔の自分にけりつけてきた。アイツ、俺たちが婚約してるって信じてなかっただろ。その上、小鈴のことを……」

冬吾は一瞬口ごもったが、嫌な記憶を振り切るように首を横に振って続けた。

「とにかく、今までアイツのことは、適当に受け流してた。親同士の付き合いもあるし、俺一人の人生だから、何を言われようがどうでもよかった。でも――」

頬を撫でられる。

それは、キスを思い出さずにはいられない触り方だった。

見つめてくる視線に本気を感じて、息を呑む。

「二度と俺に付きまとわないで、小鈴にも話しかけるなって、はっきり伝えた」

「わ、私……？」

「もっと早く終わらせたかったけど、二人で会うのは嫌だったし、どうせ俺を追って、今日は絶対来るだろうと思って。で、『諦める代わりに思い出が欲しい』とか意味不明なこと言って、別れ際に抱きつかれただけ。すぐに突き離したよ」

「……そう、だったんですね」

初恋への未練ではなかったとわかって、ふっと、肩の力が抜けた。

また、これ以上を期待する勇気はない。

このまま、友達でいられるだけで十分だと思う。

なのに冬吾はおもむろに跪《ひざまず》くと、恭《うやうや》しく小鈴の片手を取った。

「俺は理想の王子様とは程遠いし。小鈴はいつも真っ直ぐで、俺には勿体《もったい》ない女だと思う。でも……」

「……冬吾さん？」

思わせぶりなことを言われても、簡単に浮かれる気にはなれなくて。

またそんな演技してどうしちゃったんですか、と笑って流したいのに——目があった瞬間、何も言えなくなってしまった。

「小鈴。俺はもう……出会った時の俺じゃないから」

いつも自信たっぷりだった冬吾の目が、不安に揺れている。

それは公園で見たのと同じ、過去を恐れている目だった。

「小鈴が変えてくれたんだ。昔の俺が信じたかったものを、思い出させてくれた。だから、……」

冬吾は目を伏せて、大きく肩で息をした。

出会った日から、すれ違いしかなかった。

不器用に距離を探り合って、友達になるだけでも一騒動で、全然〝運命の恋〟じゃない。

でも。

──冬吾さんはずっと、私のことを考えてくれてたのに。

──私、バカだ……。

両思いかも、という予感を信じきれず、梨花の行動と三浦の言葉に心を揺らした自分を恥じる。

せめて先に好きだと伝えたかったのに、意を決したように見上げて、ぎゅっときつく手を握られた。

「好きです。俺と、お付き合いしていただけませんか」

完璧な恋人を演じた冬吾からは想像もつかない、緊張に満ちた告白だ。

でも、どんなロマンチックな言葉より嬉しかった。

泣きそうになっていることに気付いた冬吾が、慌てて立ち上がる。

「小鈴？　ご、ごめん、これじゃ理想と違うよな？　もっとスマートで余裕たっぷりの方が、小鈴の、好み、っ……」

初めて、自分から抱きついた。

早く答えなくちゃと思うのに胸がいっぱいで、その分きつくしがみつく。

「小鈴……？　あの、……」

「ごめんなさい。こんなに……こんなに、想《おも》ってくれてたのに」

心が溢れるまま口にして、でも、ああ違う、今伝えなくちゃいけないのは懺悔じゃない、と首を横に振る。

「冬吾さんなら、なんだっていい……理想なんて、どうだっていいの。私も、大好きだから……！」

冬吾はおずおずと両腕を背中に回して、答えを噛み締めるようにそうっと抱きしめ返してくれる。

それから、耳元に頬を擦りつけてきて。

「小鈴、俺、キスしたい。今したい……いい？」

思わず、笑ってしまった。

だって前は、許可なんて得ずに何度もキスをしてきたのに。

「もう本当の恋人……ですよね？　そんなの、聞くこと、っ……」

待ちきれなかったのか、ちゅ、ちゅ、と可愛く啄まれて、でもそれもまた、演技の時とは違う、小鈴の意思を確かめるような、少し怯えたキスだった。

――冬吾さんが、勇気を出してくれたから。いつだってリードしてくれたから。

――今度は、私が……。

背伸びして首を引き寄せ、自分から深めようとしてみる。

どう舌を動かせばいいのかわからずにいると、小鈴の勇気に応えて、冬吾が導いてくれた。

おどおどとしたキスは少しずつ変化して、彼らしい、自信たっぷりの深いものに変わっていく。

優しくて繊細で、でも大胆で。

それは、大好きな冬吾が、沢山伝わってくるキスだった。

「ん、っ……！　っ、ん、……」

キスの先を知っている身体が、自然と熱くなってくる。

切なさに突き動かされて、恥じらいを捨てて身体を擦りつけた時、庭園を散歩しているらしい女性の話し声が近付いてきて、慌てて離れた。

隅に避けて道を譲り、通り過ぎる二人の女性を見送って、照れ隠しにはにかみあう。

「……本当は、告白のために準備してた場所があったんだ。来てくれる？」

冬吾は照れくさそうに言って、小鈴の手を引いた。

正面玄関に出てタクシーに乗り込み、連れて行かれたのは、冬吾と出会った日に泊まったホテルの最上階の客室だった。

前と異なるのは、花瓶に飾られた生花が、バラから淡いピンクのチューリップへ変わっていることと、窓から望む景色が、夜景ではなく、鮮やかな夕焼けであることくらいで。

「もしかして、同じ部屋……？」

「ここで小鈴の夢をぶち壊すようなこと言ったし、作りごとからはじまった関係だから、一番はじめからやり直したくて」

窓に歩み寄り、夕暮れを見渡していた冬吾が振り向いた。

夕陽《ゆうひ》が逆光になって、顔に影が落ちている。

あの日の未熟な自分を振り返るのは少し恥ずかしくて、小鈴は冬吾の横に立ち、外を眺めるふりをした。

「あの時冬吾さんが本音で話してくれたから、私も正直に打ち明けて、無茶を言えたんです。じゃなかったら、きっとあの夜は何もなくて……。だから私にとっては、全部が大事な思い出です」

照れながら振り向くと、彼は眩しい顔で小鈴を見つめていた。

王子様でも王様でもない、初めての恋人がくしゃりと笑って――ぎゅっと抱きしめてくれる。

「ここで告白キメて、惚れてもらうつもりだったのに。やっぱり……小鈴の方が格好良いな」

「そこは……格好良いより、可愛いって言ってくれた方が嬉しいんですけど」

甘い空気には慣れなくて、拗《す》ねたふりで軽く睨んでみると、しげしげと見下ろされた。

「俺、ここで初めて抱こうとした時からずっと、可愛いと思ってるけど？」

「っ……」

リップサービスだ。絶対。

そう思うのに、どうも嘘をついている顔ではなくて。

「で、でもあの時のは、演技じゃないですか」

「確かに〝恋人の雰囲気〟は演じたけど、思ったことしか言ってない。もし可愛いと思ってなかったら、別の言葉で褒めてるよ。仕事で取引先をおだてる時も、嘘だけは言わないようにしてるしな」

余裕たっぷりに甘く言われるより、真っ直ぐ褒められる方が何倍も心臓に悪いみたいだ。

冷静に説明されると、尚更。

「……、冬吾さんは、いつも動揺させてきて、ずるいです……」

唇を尖らせると、冬吾が苦笑する。

「全部本当のこと言ってるだけなのに。でもこれからは、今まで以上にドキッとしてもらえるように、もっと努力しないとな」

「もうそんな努力、してくれなくても――ひゃえあっ⁉」

そっぽを向いて唇を尖らせると、突然、膝を掬って抱き上げられた。

「っはは。きゃーっとか、もっと可愛い悲鳴上げとけよ。お姫様抱っこは憧れじゃなかった？」

冬吾は悪戯《いたずら》っ子《こ》の顔で笑って、小鈴を軽々と部屋の奥へ運んでいく。

そりゃあ、嬉しくないわけがない。

でも『やったぁ』なんて無邪気にはしゃぐのは、少し恥ずかしい。

「っ……そういうわけじゃないですけど、大人になってこんな……ちょっと、下ろしてっ！」

「小鈴にときめいてもらう告白作戦は失敗したけど、まだ次の作戦があるからな。風呂で全部洗ってやる」

「はあっ⁉　子供じゃないんだから、自分で入りますっ」

「今晩はもう何もしたらダメ」

冬吾は軽々と小鈴をバスルームに運び、バスタブにバスジェルを入れ、湯を溜めながらさらさらと小鈴の服を脱がせて、自分も躊躇いなく全裸になった。

「っ……！」

まだ何もしていないのに、元気な下半身に視線が釘付けになる。

今、恋人になったばかりなのだ。こんな時、どんな反応を見せればいいのかなんてわかるわけがない。

付き合って数年も経てば『もー』なんて笑ってつつくこともできるのかもしれないが、処女にはレベルが高すぎる。

見なかったことにしようかと思ったけれど、指摘しないのも、逆に意識しすぎている気がして。

「っ……と、冬吾さん、あの、……それは……」

「気にしないで。見るの三度目だし珍しいもんでもないだろ」

「そうは、言われましても、……」

激しく主張しているのに、気にするなという方が無理だ。

でも、シャワーで小鈴を濡らし、タオルにボディーソープを取って肌を磨きはじめた冬吾は、ごくごく真剣だった。

手足の指一本一本まで熱心に辿られて、際どい場所を優しく擦られた時でさえ、表情に欲情の陰は欠片《かけら》も見えない。

かといって、それが純粋な親切心だと信じきれなかったのは、天を向いた性器が切なげに震え、透明な先走りを流し続けていたからだ。

「あの、それ、って……私に反応してくれてるんですか。それとも、男の人って、こういう状況というか、その……」

おずおずと尋ねると、念入りにつま先を洗ってくれていた冬吾が、視線だけでじろりと睨み上げてくる。

「……小鈴を食うのは、ちゃんとベッドの上って決めてる。めちゃくちゃ我慢してるから。あんまり可愛いこと聞くな」

「っ……、だ、だって……」

この状況に持ち込んだのは冬吾なのに、叱られるなんて理不尽だ。

でも、そう言われてよく観察すると、冬吾の表情は切なく、少し呼吸が乱れていて、それ以上何も言えなかった。

シャワーで泡を流されて、先にバスタブに浸かる。

身体を洗い終えた冬吾が後から入ってくると、たっぷりの泡が浮いたお湯がざばざばと溢れた。後ろから抱きしめられ、臀部に硬いモノがめり込んできて、わかっていたのに飛び上がりそうになる。

「っ……冬吾さん、っあの、」

「うん、当ててる」

「っ……！」

不意に両手で腹部を撫でられて、また、じゃぶっと泡が上下する。

「小鈴が、『私に反応してるんですか』とかバカなこと言うから……なんかムカついてきた」

「え……？」

切なさ混じりの拗ねた声。

妙に思って振り向くと、形の良い唇が軽く尖っている。

「俺が本気だって、わかってないってことだろ？　毎日職場に迎えに行ったり、メッセージとか電話したくらいじゃ、愛情表現、足りなかった？　もっと、できることある？」

全身が熱いのは、逆上《のぼ》せたからではない。

出会った日、食事会で完璧な恋人として振る舞ってくれた男性と同一人物とは思えないほど初心なことを言われると、じわじわと彼の本気が――どれだけ誠実かが伝わってきて、更に好きになってしまったからだ。

「なあ……どうしたらいい？　俺、小鈴がいつでもドキドキするような、理想の恋人でいたい。小鈴の理想の男に負けたくない」

ちゅっと可愛らしい音を立てつつ、後ろから頬に口付けられて、動揺でじゃぶんと泡が揺れた。

この状況は良くない。

だって少しでも身じろぐと、冬吾と腰が擦れて、浴槽に浮いた泡がゆらゆら揺れて、緊張が筒抜けだ。

「いえ、っ……ですから、何度も言ってますけど、私は、素の冬吾さんが、一番、」

「もちろん覚えてるし、それは嬉しいけど。俺が小鈴を可愛いって思うように……やっぱ男としては、格好良いってドキドキしてもらうために、努力したいよ」

とても、自信たっぷりに恋人の演技をしてくれた人の発言とは思えない。

そもそも容姿は出会った時から突き抜けているし、今の方が何倍も好きなのに。

「冬吾さんは、自分の魅力をわかってないんですよ。何もしなくたって、十分格好良くて……あっ……」

冬吾の指先が、脇腹から臍を撫でて、胸の膨らみへ近付いてきた。

「ほんと？　小鈴はいつも俺のこと褒めてくれるから」

低く耳元で囁かれると、ぞくっと腰から震えが駆け上がってくる。

冬吾の手に、いやらしい意図は感じ取れない。

でも胸に指が這って、偶然先端を弾かれた瞬間。

「っひぁ、っ……！」

「……小鈴？」

もこもこの泡のおかげで、胸のあたりは見えない。

だから身体の変化には気付かれずに済むと思っていたのに、一瞬触られただけでひとたまりもなかった。

「何？　今の声……」

冬吾の指が意図を持って、泡の中で乳首を探し当ててくる。

摘まれて、確かめるようにくにくにと圧迫されると、思わず上擦った声が漏れてしまう。

「あ、っ、あっ……！」

「これ……小鈴も、エッチになってる」

指摘を受けて、ずくりと腰が疼いた。

ここで感じたら、湯船を汚してしまいそうだ。立てた膝を寄せて、目を閉じて息を抑えて、なんとかやり過ごそうとする。

「っ……冬吾さんが、押し付けてきて、ドキドキすること言うから――あっ⁉」

きゅっと乳首を抓《つね》られたかと思うと、先端を押し込んで揉み込んで、悪戯がエスカレートしていく。びくついてしまうのが恥ずかしくて、冬吾の腕に縋《すが》り付《つ》いて爪を立てた。

「あ、っあ……！　なんっ、れ、っ……綺麗に、するだけって……！」

「素の俺が好きなんだろ？　いつでも小鈴が欲しくて、会いたくて、今も先走り垂れ流しながら、みっともなく腰擦りつけて……我慢なんてできないのが、俺だよ」

胸の先を弄りながら、じゅうっと首筋に吸い付かれて跳ね上がる。腰が強く擦れると、息を詰めた冬吾が、叱るように噛みついてきた。

「ぁあ、っ……んん……っ！」

「風呂場だと、可愛い声が響いて最高……」

小鈴が反応するたび、水面と泡が小さく揺れる。

冬吾の性器が更に臀部に食い込んで主張してくる。同じもどかしさを共有しているのかなと思うと、たまらなく愛しくて興奮した。

「私も……冬吾さんに、触ってもらえるの、嬉しい、です……。もっと、恋人として愛してくれてるって、感じたい……」

「……言ったな？」

「あ……あっ⁉」

冬吾の両手が、するすると臍の下へ下りてきた。

茂みを撫でてから軽く引っ張られると、疼いていた陰核に緩い刺激が走る。それからすぐに、ひくつきはじめている花弁の間に指が滑り込んできた。

「……何だよこれ。もうぬるぬる……」

「あっ……！」

どんなタイミングで、どんなふうに触られても感じてしまうのは、深い気遣いがあって、気持ちいいことしかしない人だと知っているから――だけではなくて。

「わたし……冬吾さんに触られると、なんでも……きもち、よくて……へんに、なります……」

花弁ばかり擦られると、切なくなる一方だ。腰がかくついて先をせがみはじめて、なんとか耐えようと冬吾の腕に爪を立てた。

「我慢するつもりだったのに。小鈴がエロいのが悪い……」

「あ……あ……！」

ぬるりと指が滑り込んできた。

前はゆっくり慣らしてくれたのに、すぐに中からお腹の方を擦られる。

「っひぁ、あ……！」

湯船の中だから、卑猥な水音はしない。でも代わりに、小鈴が感じるたび、ちゃぷ、ちやぷ、とお湯が音を立てた。

「よーく慣らしとこうな？　風呂上がったら、すぐできるように」

「え……？　あっ……！」

冬吾の指の動きは巧みだった。小鈴すら知らない快楽の襞を的確に刺激しながら、もう一方の手で陰核を撫でられる。

「あっ、んぁっ……ぁあ……！　っそこ、きもち、い、っ……」

「すごい硬い……必死に大きくなって、触ってほしがってて、可愛い」

腰がびくつくたび、背後の冬吾を刺激してしまう。時折低く漏れる呻《うめ》き声《ごえ》はとんでもなくセクシーで、声にまで感じて指を締め付けていた。

「二度も、挿れる直前で中断してさ……早く小鈴と一つになりたい。俺の下でぐちゃぐちゃな顔してるところ、見たい……」

「あっ……！」

再び肩に噛みつかれると、痛みすら快楽に置換され、膣が収縮して指との摩擦が強まる。更にもう一本指が潜り込んできて、否応《いやおう》なく快楽を高められた。

「あっ……ひ、っ……ぁあぁ……！　っだめ、いっぱい、こすれて……すぐ、っ……」

「いいよ、イって」

跳ねる身体を後ろから抑え込まれ、首筋や頬にキスをされる。

派手にお湯が揺れても、冬吾は片時も指を休めず、あっという間に絶頂へ追いやってくる。

「あ、あ、んぁ、あっ……、っ……！」

ひときわ強く指を締め上げると、すぐに愛撫が止まった。けれど火照った身体は、全く治まりがつかずに疼き続けている。

冬吾は無言で指を抜いて、先に湯船から上がった。

泡がついたまま、ざっと自分の身体を拭ってバスローブを羽織ると、ぐったりとバスタブの縁にしがみついていた小鈴を抱え上げる。

「とう、ご……さん……？　あの、……」

どことなく不機嫌な表情だ。

視線すらあわせてくれなくて、何か変なことをしただろうかと不安になっていると、バスタオルに包まれて、すぐさまベッドの上へ運ばれる。

それでやっと、冬吾の目が、飢えた獣のようにぎらついていることに気付いた。

「ごめんもう……余裕ない。愛したい。愛させて」

「あ――んっ……！　んん、ぅ、……」

仰向けの状態で覆い被さられて、唇に噛みつかれた。

熱い舌で慌ただしく口の中を荒らしていった後、今度は顔中にキスをされる。

全く冬吾らしくない、気遣いに欠けた乱暴なキスだ。

でもだからこそ、彼の本気が、じわじわと染み込んでくる。

――本当に、両思いなんだ……。

夢中で首回りに吸い付いてくる冬吾の背中に手を回し、こっそり感慨に浸っていると、耳元に舌が伸びてきた。

「っ……、んっ……！」

擽ったくて顔を傾けた先、枕の横に、避妊具の箱が無造作に置かれていることに気付いてぎょっとした。

「っ……冬吾さん、あれ……」

「もし振られても、無理矢理言いくるめて、絶対に……犯してでも、抱くつもりでいたから」

「っ……」

想像を遙かに超える執着を見せられて、まだ腫れぼったい腰が疼いてしまう。

冬吾はバスローブを脱ぎ捨てると、小鈴の足首を摑んで大きく広げた。

「あっ……！　やだ、ぁ……！」

両膝を胸の方へ押し付けられ、ひっくり返ったカエルみたいな格好にさせられて、陰部が丸見えになる。

必死に両足を閉じようとしたけれど、力ではどうやっても敵わない。その上、冬吾の視線は食い入るように局部に注がれていて。

「やっ……に、にげないからっ、脚はなして、見ないでっ、はずかしい……っ」

「……イかせてやったばっかなのに、犯すって言われてまた濡らしてる……」

「っ……」

あまりの羞恥に、顔を背けて目を閉じた。

言われなくたって、自分の身体がどうなっているかなんて、自分が一番よくわかっている。

「小鈴の理想は、優しい王子様じゃないのかよ」

「っ……私の理想の……好きな人は、もう、冬吾さんだけだから……」

だから早くして、こんな格好のまま焦らさないでと願いながら見上げると、冬吾は凛々《りり》しい眉をぐっと歪ませた。

「……小鈴、演技してないか？」

「え……？」

「どこでそんな煽り方覚えてきたんだよ。いちいち言うことが可愛すぎて、歯止めが利かなくなる……」

「あっ！　ぁあぁあ……！」

冬吾は脚の間に屈み込むと、ひくついている陰核や花弁をがむしゃらにしゃぶってきた。やっぱりそれは、今までのように順を追った繊細な愛撫とは違うのに、衝動のまま求められている幸せで、ただただ快楽へ押し上げられていく。

「あっ……あっ……!?」

すぐに膣口に二本の指が食い込んで、奥まで探られた。すぐさま期待できゅうっと窄まって、冬吾を期待してしまう。

「あぁ……あー……っ……！　きもっちい、っ……」

腰が前後にうねりはじめると、冬吾が指を抜いて身体を起こし、唾液と愛液で濡れた唇を手の甲で拭った。

「すごい欲しがってる……。今度こそ最後までするからな。小鈴の中、俺でいっぱいにして……もう痛いとか無理って言われても、絶対止めない」

肉食獣の目で見下ろされて、じわ、と目尻に涙が盛り上がる。

怖いからじゃない。

もし痛くても、押さえつけてでも愛してほしかったから。

「っ……嬉しい、です……。私も、冬吾さんと、はやく……」

「……とろとろにして、お姫様みたいな初夜にしてやろうと思ってたけど、ちょっと無理かも……」

冬吾はごくりと息を呑むと、慌ただしい手つきで避妊具を装着する。

初めての時は凶器にしか見えなかったそれが、今は愛しくさえあって。

まだ身体を繋げたことはないのに、早くしてほしくてたまらない。

「あっ……」

冬吾は焦らさなかった。

いい？　とも聞かず、愛しているとも言わなかった。

切羽詰まった獣の目で小鈴を見据えて、ふーっ、ふーっと荒い息を吐きながら、身体を近付けてくる。硬い切っ先が秘所に触れたかと思うと、一呼吸も置かず、ぐっと侵入してきた。

「んく、っ……」

この状況はもう三度目だ。

それでも、食い込んでくるとやっぱり怖くて、ぎゅっと目を閉じた。

瞼の向こうに、鋭い視線を感じる。

「小鈴……やめないよ。俺のだから」

冬吾の方が痛がっているような、切ない声だった。

額にキスをされてこくこくと頷くと、亀頭が隘路《あいろ》をかき分けながら、ゆっくりと入ってくる。

「ぁあ……ぁあ、あー……！」

恐れていたほどの痛みはなかった。

今まで上手くいかなかったのが嘘みたいだ。

はじめこそ少し抵抗を感じたものの、ぬるりと膣口が広がると、ずるずると細かな襞を擦りながら最奥まで貫かれて、とん、と子宮口に突き当たる。

は、は、と浅く息を吐きながら瞼を開くと、冬吾は額が触れ合いそうなほど近くで息を詰め、苦しげに顔を歪めていた。

「っ……とぅ、ご、さ……、わたし……きもち、く、ない……？」

限界まで広げられた膣が、初めての男性を不審がり、悲鳴を上げるように、ぎゅ、ぎゅっと何度も締め付けている。

冬吾はそのたびに低く唸って息を止め、綺麗に割れた腹筋をびくつかせていた。

「っ……ばか、逆だよ。熱くて狭くて、気持ちよすぎて……ヤバい……」

頬や首筋に甘えるキスを繰り返されると、奥深くまで食い込んでいる違和感すら快感に昇華されていく。

「やっと……やっと小鈴と、繋がれた……」

額に汗を滲ませながら、冬吾が無邪気に笑った。

「ん、うん……うんっ……」

嬉しくて何度も頷くと、目尻の涙が流れ落ちて、冬吾が唇で拭ってくれる。

「小鈴……好きだ。大好きだよ……」

もうどうしてくれたって構わないのに、好きにしてほしいのに、冬吾は苦しげな呼吸を繰り返しながら、いつまでも匂いを嗅いだり、唇に吸い付いたり、軽く噛んでくるばかりで。

「っあの、っ……もう、痛くないし、へいき、ですから、」

「まだ……ダメ。前に教えただろ？　小鈴のナカが、俺の形になるまでは……。一緒に、気持ちよくなりたいから」

掠れた声に、きゅうっと胸が締め付けられる。

冬吾が我慢しているのは明らかだ。

もっともっと貪欲に、衝動のまま求めてほしくて。

「冬吾さん……か、かっこつけて、ます……？」

「っ……はあ？」

「だって……そんな、我慢しなくて、いいです。したいように、してほしい……」

首に両腕を絡めて引き寄せると、額がぶつかって睨まれる。

「っ……本気で好きな女抱いてんだぞ、優しくしたいだけで……格好つける余裕なんて、あるわけないだろ」

「でも……」

「でも？　信じられないなら……俺の名前、呼んで」

「……？　冬吾さん……？」

「好きって言って」

「冬吾さん、好きです。大好き、で……あ、っ……？」

心から伝えると、びくっとお腹の中で冬吾が脈打って、更に膨張した気がした。

「わかった？　名前呼ばれるだけで……みっともないくらい興奮してんの」

「わかっ……あっ、あっ……！」

深く食い込ませたままの状態で、冬吾が更に腰を突き出してきた。

ぐ、ぐっ、と繰り返し子宮口を捏ねられると、また知らない快楽がじんわりとせり上がってくる。

「ふぁ、んぁぅ、っ……んぁあ、っ……あっ……」

——そういえば、練習してくれた時も……こうやって馴染ませて……。

——それ、から……。

期待だけで、冬吾の動きを助けるように愛液が溢れだす。

「っん……すごい、もう吸い付いてきてる……。小鈴も、俺のこと大好きだな？」

「っだい、すき……だいすき、で、っ……あっ……！　あぁぁあ……」

お腹をいっぱいに満たしていた屹立《きつりつ》がずるずると引き抜かれて、もう一度丁寧に奥まで収められた。

何度も指で快楽を教えられていたせいか、冬吾と密着した襞が余すことなく摩擦を受けるだけで、全身にぞくぞくと震えが走る。

ゆっくりと抜いて、差し込むたび、冬吾が「ああ……」と官能的な息を吐く。

繰り返されるたびに愛液が絡み、掻《か》き出《だ》され、押し込まれて、ぷちゅ、ぬちゅ、と水音がしはじめた。

「あ……、ぁ……？　とぅ、ごさ……なに、っ……なに、なに、これ、っ……」

「動くよ……痛かったら、すぐ言って」

「あ……まって……これ、もっと、うごいたら、おかしく、な……っ……」

冬吾は妖艶に微笑むと、少しずつ腰の速度を上げはじめた。

「あ……あっ、あっ……!?　ぁあぁっ……!?」

初めて受け入れたにもかかわらず、愛液の力を借りて、信じられないくらいスムーズに男根が出入りしている。

ぱちゅ、ぱちゅっと肌がぶつかりあい、絶え間なく甘い声が漏れ、つま先から頭頂まで痺れるような快楽に貫かれた。

「んぁ、ぁあ、っとう、っごさ……これ、っ……だめ、っ、ゆびより、っ……ゆびと、ちがう、ぅ、っ……」

「よかった……指より、気持ちいい？　苦しくない？」

「っ、あ、っ……あぁあ……！」

がくがく揺さぶられて、気持ちよすぎて、喘ぐことしかできない。いつの間にか自ら脚を大きく広げて、視界の端でつま先が震えていた。

「顔がとろとろ……指でしてやった時はこんな感じてなかったのに……奥が好き？」

「ふぁ、ぁあぁぁ……！」

最奥まで収めたまま小刻みに子宮口を突かれると視界が揺れて、冬吾の首にしがみつく。

「あっ、あっ……！　つきもち、い……おく、きもちいい、からぁっ……」

「つん……じゃあ、もっとしようか？」

「ぁあぁあ……っ！」

汗ばんだ肌がぶつかり、打擲《ちょうちゃく》音を立てはじめた。逃げ出したいほど気持ちがいいのに、冬吾は腰を繰り出す角度を繊細に調節して、更に追い詰めてくる。

「あっ……とぅご、さ、っ……こんな、っ、はやく、っしちゃ……ぁあ、ぁ……！」

愛液が飛び散るほど荒々しい動きの中で、四肢が痙攣して止まらない。

両手をベッドへ縫い留められると、いよいよ喘ぐことしかできなくなってくる。

「っは、はっ……小鈴、ごめん……俺も気持ちよすぎて、止まれない……っ」

冬吾は獣同然の息遣いをしながら、夢中になって腰を振っている。

想像していたロマンチックな初夜は、睦言がたっぷりの甘いものだったのに、全然違った。

お互いの体液でぐちゃぐちゃで、野蛮で、でも精悍《せいかん》な顔立ちが官能に歪む様は、今まで見たどんな冬吾よりも魅力的で。

新しい彼を知るたび、もっと好きになっていく。

「っんぁ、ぁあ……！　あー……！　まっ……とぅ、ごさ、ぁあ、っあ……！」

ベッドが軋《きし》んだ音を立てるほど、律動が激しくなった。

何かがくる、変になると思った時には、声もなく達していた。

なのに冬吾は険しい顔で膣の痙攣をやり過ごし、腰を振り続けてくる。

「っ……！　あ、っあ……！　ぁあ……まっ……て、っ……まっ……」

「っ……嫌だ。言っただろ、もう待たないし、やめない……っ」

「っちが、っちがぅ、の、これ……もう、も、っ……イっ……」

ぼろぼろ涙を流して泣きじゃくると、嗜虐《しぎゃく》的な眼光に射貫《いぬ》かれてキスをされる。

舌が触れ合っただけできゅうっとお腹の奥が引きつり、キスの中で冬吾が呻いた。

「んっ、ン、っんんっ……！」

行き過ぎた快感に藻掻《もが》くと、上から腰を落とし、下半身を押さえ込む形で貪られる。

男性の力に屈服させられ、動物のように鳴かされて、更に欲してしまう自分がいるなんて知らなかった。

「あっ、あっ、あっ……！　ああっ、も、へん、っ……へん、に、なっ……」

快楽が、涙と涎と汗になってシーツに吸われていく。

ずっと絶頂が続いて、このままでは粗相までしそうな予感まであるのに、もっともっと暴き尽くしてほしい。

「っ……俺も、イきそう……小鈴……っ、小鈴……」

冬吾の掠れきった声は、演じている時の何倍も情熱的だった。

律動が極まって、自分の嬌声が遠のいていく。目の奥が白く光って、射精を促すように膣が蠕動した。

「あ、っ……あぁあ……あー……！」

「う、っ……！」

冬吾が動きを止めて、腹筋をびくつかせる。

避妊具越しに熱を感じ取っている間も、全身の痙攣が止まらない。

息を切らした冬吾が、慰めるように首筋に吸い付いてきた。

胸の先を吸われて、また締め付けてしまうと冬吾が低く唸った。

「……小鈴……ごめん……ごめん、泣いてたのに、止められなかった……」

獰猛《どうもう》に貪っていた時とは一転して、嫌いにならないで、とでも言いたげに耳元に鼻を擦りつけてくる。

「ほんとにごめん……」

子供の頃、振られて公園に取り残された冬吾も、こんな顔だったのかなと思う。

愛しさが涙になって溢れると、冬吾は唇で優しく拭ってくれた。

「幸せで、泣いてた、だけ……。どんなに、してくれたって、大丈夫、だから……」

身体を繋げたまま見つめあっていると、どうしてもっと早く出会っていなかったのか、どうして今日まで彼なしで生きてこられたのか、不思議な気持ちになってくる。

呼吸が落ち着いてくると、うとうとと瞼が落ちてきた。

繋がって、抱きしめあったまま眠りたい……と夢見た瞬間。

「ほんとに……？　じゃあ……朝まで、いい？」

「……え……？」

重たい瞼をなんとか持ち上げると、再びぎらぎらと血走りはじめた瞳とかち合った。

「あっ……？」

屹立がずるりと引き抜かれると、白濁した愛液がどろりとシーツに溢れる。

冬吾はすぐにゴムを付け替え、小鈴の隣に横たわって片脚を引き寄せ、性器を押し付けてきた。

その硬さは、はじめと全く劣らなくて。

「っ……と、冬吾さん？　でも、あの、」

「……朝まではダメ？」

「っそうじゃなくて、だって、今日はもう、じゅうぶん、」

「あのな。本気で可愛いと思ってるのに、一回で終わるわけないだろ」

「ひぁ、っあ……！」

何度も穿《うが》たれて広がりきった秘所は、亀頭を受け入れる一瞬だけひくりと緊張を帯びたものの、すぐに喜びを思い出して、健気《けなげ》に根本まで飲み込んでいった。

「っは、ぁ……あぁうぅっ……」

横たわって向かい合う形だから、深い場所までは届かない。

でも冬吾が腰を突き出すたび食い込んできて、落ち着きかけていた熱が簡単に引き出された。

「っ……すぐに締め付けて、喜んでる……」

「んぁ、あ、っ……だって……っ……」

刺激を受けるたび、自然と膣が収縮する。それに応えて冬吾が硬くなると、また小鈴も気持ちよくなって、お互いへの愛撫が止まらない。

震える指で冬吾にしがみつくと、冬吾の身体に絡ませるように片脚を引き寄せられて、更に深く愛してくれた。

「あっ、ぁあっ……！」

「っ……、このまま、帰したくないな……。明日朝イチで親に挨拶に行って、役所に寄って籍入れて、俺の家に帰ろう」

コンビニに立ち寄るのと同じくらい気軽に言われて、さすがに冗談だと思って苦笑する。

でも冬吾は至極真剣な顔で、唇に軽いキスを繰り返してきた。

「ああでも……プロポーズはロマンチックなのがいいよな。入籍の後で、サプライズにしようか」

プロポーズは結婚の前にするものだ。

それに、今口にしたらサプライズでもなんでもない。

「……あの……あした、籍って……じょうだん、ですよね……？」

冬吾が、むっと片目を細める。

起き上がって伸し掛かられると、雄としての逞しさを見せつけるように腰を繰り出してきた。

「あ、っ……あっ……！　あんっ……！　なんっ……おこら、ないっ、で……っ」

「本気に決まってるだろ。もう小鈴のことを、恋人役だとか言われたくないし、誰にも取られたくない。こんな姿、他の誰にも見せるつもりないからな……！」

「ほかのひと、なんて、っ……ぁああっ……！」

腰を打ち付けられるたび蜜が溢れて、理性がとろとろと溶けていく。

冬吾は容赦なく最奥を突いて小鈴を鳴かせながら、夢見心地に続けた。

「入籍の後、小鈴の夢は、俺が全部叶えてやる。理想のデートも、結婚式も……式、どこで挙げたい？」

「あ、あ、っ、ぁあ、あぁ……っ！」

陰核を指で虐められ、快楽攻めにされて答えられるわけがない。

壊れた玩具《おもちゃ》のように四肢がびくつき、無意識に枕に縋り付く。

冬吾は枕にすら嫉妬したのか、むしり取って手の届かない場所に放り投げ、花芯への摩擦と律動を速めた。

「あぅ、っ、や、ぁあぁっ……！」

快楽で理性が焼き切れる。

でも一度満足したからだろうか。冬吾はさっきと違って、余裕の表情で小鈴の片脚を抱え上げ、淡々と腰を打ち付けてきた。

「小鈴？　ほら……どこがいい？　言って」

「あ、あっ……、ぁあぁ……っ、そこ、っ……、そこっ……」

髪を乱し、シーツに涎をこぼしながら、小鈴は本能のままにせがむ。

頭の中には〝気持ちいい〟しかなくて、もう何を聞かれているのかすらわからなかった。

「っん……どこ？　南国とか？　でも国内の方が友達も沢山呼べるよな。レストランで紹介してもらった小鈴の友達にも、本当に結婚したって報告しないと」

「あ、っ、そこ、っきもち……い……いい、っ……」

「ん─……？　何？　もっと激しく突いてほしいってこと？」

「あぁ、あぁぁあぁ……！」

くすくすと笑いながら子宮口を突き上げられて、あっという間に達していた。

でも冬吾は律動を緩めず、うっとりと小鈴を見下ろしてくる。

「籍入れた後は、もう一回初夜にしようか。その時はちゃんと、大事に抱くから……。今晩はいっぱい愛させて……？」

眠りから目覚めさせるような、王子様みたいなキスが降ってきた。

息が切れて、酸欠でくらくらしながら受け入れる。

キスで世界が色付き、夢が現実になっていく。

小鈴はその夜、底無しの愛に溺れて、気を失うまで抱き尽くされた。

エピローグ

さすが起業家と言うべきか。

神宮寺冬吾は、有言実行の男だった。

初めて身体を繋げた翌朝、行為の余韻でぽうっとしている小鈴をハイヤーに押し込み、近郊の小鈴の実家へ乗り込むと、自分の経歴をざっと述べた後、

『約三ヶ月という短い期間ではありますが、妹を通しての紹介で、真剣にお付き合いさせていただいております。これまで一度もご挨拶に上がらず、不躾《ぶしつけ》だとは承知しておりますが――小鈴さんをいただけませんか』

と、畳に額を擦りつける勢いで頭を下げた。

まだ頭がふわふわして、まずは軽く挨拶をする程度だろうと思っていた小鈴は、やっと昨夜のプロポーズが本気だったとわかって、ひっくり返りそうになった。

とはいえ、異論などあるわけもなく。

『三ヶ月のお付き合い』というあたりにちょっと居心地の悪さを感じたけれど、〝知り合ってから真剣に向き合ってきた期間〟という意味なら嘘ではない。

完璧な家柄と職業と、清廉で正統派な顔面。

恋愛について厳しいことを言い聞かせてきた父も納得だろう――と思いきや、あまりに非凡なステータスに、逆に結婚詐欺を疑ったようだ。

冬吾を探る質問を繰り返す父に対し、

『大学時代、ここに友達を呼んだことあったでしょ？　ほら、うちのどら焼きをすごく気に入ってくれた子。あの千春ちゃんのお兄さんで……』

と説明すると、ようやく場が和んだ。

それから冬吾は圧倒的な話術とコミュニケーションスキルを発揮し、一時間後には、婚姻届の証人欄に小鈴の親の署名をゲットした。

婚姻届なんて一体いつ入手したのかと驚いたが、小鈴が眠っている間にホテルのコンシェルジュに用意させたらしい。

その後は、『さすがに急すぎるし緊張するから！　心の準備が……！』と抵抗したものの、神宮寺家へ連れて行かれた。

格差を突きつけるような豪邸に涙目になったのははじめだけで、応接間に現れた両親の反応に、冬吾と揃って言葉を失ってしまった。

『まぁあ、高梨さん、昨日ぶり――あらあら、やっぱり冬吾と付き合ってたのね！　千春も、結婚まで秒読み、なんて言ってたけど、本当だったのねぇ』

母親はにこにこと頬に手をあて、隣に座る父親には、

『恋人がいるなんて、どうせ見合い話を断るための嘘だと思ってたが……いやあ、本当によかった。甘ったれな息子ですが、よろしくお願いします。我々はいつでも高梨さんの味方ですから、しっかりと手綱を握っていただいて……』

と深く頷かれた。

あまりにスムーズな展開に、もしかして、何もかも千春の手の内だったのだろうかと舌を巻く。

今度両家で食事を、と約束しつつ辞去して、夕方には役所に駆け込み、本当に冬吾のマンションに攫われていた。

そして、結婚の報告を誰よりも喜んでくれたのは千春だ。

新生活を始めた直後に冬吾のマンションに招いた時、千春はソファーでどら焼きをもふもふ食べながら、

『小鈴ちゃんから理想を聞いた時にさ、それってお兄ちゃんのことじゃない！　ってピン

ときて……まあ、これが女の第六感ってやつですかねぇ～』

なんて言って、私が二人のキューピッドです！　えっへん！　みたいな顔をしていた。

もちろん、冬吾を婚約者として紹介した友人たちにも、結婚の報告とともに、全ての嘘と事実を打ち明けた。

『あれ演技だったの!?』

『だから敬語だったのかあ～……』

『っていうかドラマみたい！　そんな展開ある!?』

と散々詳細を聞かれ、突っ込まれ、酒の肴にされて、最終的には全て笑い話にして許してくれた。

そんなこんなで万事が順調だったけれど、問題は小鈴自身が狐に摘まれたような気分で、なかなか結婚を実感できなかったことだ。

――これこそ、シンデレラストーリーってやつなのかなぁ……。

なんてほわほわと夢見心地でいただけの小鈴とは違って、仕事のできる男は、その後も完璧だった。

新規事業の立ち上げに着手しながらも、小鈴がこの先もずっと実家の家業を手伝いたい気持ちがあると知るなり、春には通勤先のデパート近くのマンションに引っ越した。

そして『どういうデートがしたい？　理想のやつ、一通り全部やろう』と言い、小鈴の休みにあわせて時間を捻出し、週に一度は定番のデートスポットに連れ出してくれたのだ。

付き合いたての恋人らしい日々を過ごす中で、ある日冬吾は、出会いの場所であるフレンチレストランでディナーをしようと誘ってくれた。

どうして嘘をついた場所で……？　と思いつつ退勤後に店に向かうと、先に着いていた冬吾は、

『あの日の嘘が本当になったことを、ここに証明しにきたかったから』

と言って、もう一度プロポーズしてくれた。

もう入籍しているし、友人たちは嘘を許し、二人を祝福してくれている。

でも、冬吾のしたいことは、わかる気がした。

何故ならその瞬間から、お互いの行動と勇気によってこの幸せを手に入れたのだと、やっと現実を噛み締めることができたから。


そうやって少しずつ絆《きずな》を深めながら、迎えた初夏。

小鈴は出てきたばかりのチャペルを振り向き、ウエディングブーケを背後に投げた。

晴れ渡る六月の空に、白いバラの花束が舞い上がる。

「わっ、やったぁ～～！　小鈴ちゃんの次は私かも……！」

耳馴染みのある声に振り向くと、ブーケを掲げた千春が、満面の笑顔で飛び跳ねていた。

「アイツも俺と同じで見合いに乗り気じゃないし、いい相手と出会えればいいけど」

隣で苦笑する冬吾を見上げて、小鈴はあまりの眩しさに目を細める。

さらりと正装を着こなし、日差しを受けて輝く姿は、まさに王子様だ。

結婚してから、冬吾の男前っぷりにますます磨きがかかった気がする。

小鈴は今、冬吾とともに過ごせるだけで幸せだ。

もう夢見た以上の現実を手に入れたのに、冬吾は小鈴の理想をライバル視して、今や小鈴以上に、乙女の理想の再現に熱心になりつつある。

だから、

『ジューンブライドにしよう。準備期間が短くてちょっと慌ただしくなるけど。晴れてたら披露宴はガーデンウエディングにしたいから、式場は念のため二つ予約を取って……あとブーケトスも！　ドレスはもちろんオートクチュールで……』

と言って結婚式のシチュエーションに拘《こだわ》ったのも、冬吾の方だった。

「小鈴、ほんと綺麗……！　ドレス素敵！」

「写真撮りたいからこっち向いて～！」

ホテルに併設された挙式用チャペルの外階段に並んだ友人たちは、揃って笑顔を向けてくれている。彼女たちの向こう側、階段の下にある芝生の広場は披露宴会場となっていて、白とベビーピンクを基調とした、ロマンチックなコーディネートの丸テーブルが並んでいた。

小鈴は友人のカメラに向かって笑顔を配りつつ、冬吾が差し出してきた腕を取って、フラワーシャワーの舞う階段を下りていく。

「なんだか……夢みたいです。目が覚めたら、魔法が解けちゃいそう……」

「夢？」

そのくらい幸せだという意味だったのに、冬吾はむっと眉を寄せて見下ろしてくる。

それから――。

「きゃあっ……!?」

にわかに膝を掬《すく》い上《あ》げられて、つま先がふわりと浮いた。

視界いっぱいに青空が飛び込んできて、冬吾の肩にしがみつく。

「きゃーっ、絵になる～！」

「もう、格好よすぎ……！」

友人たちの黄色い悲鳴とカメラのシャッター音が響く中、冬吾は周囲に笑顔で応え、悠々と庭へ続く階段を下りていった。

「さ、さすがにやりすぎですっ、下ろして……！」

「ダーメ。しっかり愛情表現して、この幸せが現実だって教え込まないとな？」

「もう、わかってますって……！」

慌てている間にも、広場に設えられた新郎新婦のテーブルに辿《たど》り着《つ》いた。

先に席に着いていた両家の親族や知人が、割れんばかりの拍手で出迎えてくれる。そこに友人たちが加わると、全員の手元に手際よくシャンパンが注がれていった。

冬吾の首を抱き寄せて共に広場を見渡すと、沢山の知り合いの笑顔が日差しの下に輝いていた。

両親と同僚の横田は涙ぐみ、いつもクールな篠宮も、今は爽やかな笑みを浮かべている。もちろん千春は、誰よりも頬を紅潮させて、自分のことのように喜んでくれていた。

「やっぱりこんなの……夢みたい。ううん、天国かも……」

感動のまま抱きつく腕に力を込めると、冬吾が静かに囁いた。

「俺、小鈴と出会ってなかったら、この幸せを知らないままだったんだな」

「私だって。冬吾さんと出会う前は……自分の夢や理想を、下らないものだって諦めようとしてました」

冬吾が、眩しい笑みで見つめてくる。

微笑み返すと、いつだって小鈴の幸せに敏感な夫は、いつもの台詞を口にした。

「この先、小鈴の夢は全部俺が叶えるから」

結婚してから何度も聞いた言葉だけれど、伝えてくれるたびに胸が高鳴って、笑顔が溢れてしまう。

でも、しょっちゅう甘いことを言ってドキドキさせてくるなら、今日はこっちにだって、とっておきの告白があるのだ。

「ふふっ、期待しちゃいます。最近もまた一つ、素敵なことを叶えてもらいましたし」

「え？　何だよそれ？」

「実はね……」

額を寄せて、お腹の中の、新しい命を打ち明ける。

冬吾が弾ける笑顔で笑った。

はじめから完璧で、運命の愛だったわけではない。

でも手探りで深めた絆は、真実で固く結ばれている。

おとぎ話みたいなキスをした。
心の奥から光が溢れて、こみ上げる眩しさに目を閉じる。
祝福の歓声が、突き抜ける青空に広がった。

あとがき

　はじめまして、こんにちは。ヴァニラ文庫ミエルではお初にお目にかかります、桜《さくら》しんりと申します。

　このたびは『俺様御曹司の偽装恋人になったら全力溺愛されました⁉～恋愛不信の王子様、ついに陥落する～』をお手に取って下さって、ありがとうございます。恋愛観を真逆の方向にこじらせまくった二人のお話、いかがでしたでしょうか。

　実は私、俺様系ヒーローがどうしても書けなくて地味に悩んでいたのですが……今回いただいたタイトルを見て、『いつの間にか俺様ヒーロー書いてた～⁉』とびっくりしました。やったー⁉

　冬吾というキャラクター、自分の中では〝実は小鈴よりもピュアな、可愛いヤツ〟だったのですが、ちゃんと（？）俺様してましたでしょうか。俺様系ソムリエのみなさま、いかがですか……！　いつか、更に難易度の高そうなドS系も書いてみたいところです。

密かなお気に入りは、イケメン外商の篠宮です。執筆中、実は彼は御曹司で、わけあって外商をやっており……なんて想像を膨らめていました。いつもついつい、サブキャラの話も書きたくなってしまいます。

イラストレーターのまりきち様、可愛い二人で作品を彩ってくださって、ありがとうございます。

担当様にはプロットから完成までたくさんのお力添えをいただきまして、小鈴の魅力が更に輝くお話になりました。心より感謝いたします。また、出版に携わってくださった全ての皆様に御礼申し上げます。

そして読者様。今回ヴァニラ文庫さんとのご縁に恵まれましたのも、こうしてお手に取ってくださった皆様のおかげです。本当にありがとうございます。

もしまた今作を読み返していただく機会がございましたら、ぜひ緑茶とどら焼きを用意して、モフりつつお楽しみいただけましたら！　私も執筆中は、作品を言い訳（？）に、どら焼きばかり食べておりました。洋菓子もときめくけど、和菓子も良い……！

ではでは、また次の作品でお目にかかれますように。

桜しんり

原稿大募集

ヴァニラ文庫ミエルでは乙女のための官能ロマンス小説を募集しております。
優秀な作品は当社より文庫として刊行いたします。
また、将来性のある方には編集者が担当につき、個別に指導いたします。

◆募集作品

男女の性描写のあるオリジナルロマンス小説（二次創作は不可）。
商業未発表であれば、同人誌・Web 上で発表済みの作品でも応募可能です。

◆応募資格

年齢性別プロアマ問いません。

◆応募要項

・パソコンもしくはワープロ機器を使用した原稿に限ります。
・原稿は A4 判の用紙を横にして、縦書きで 40 字 ×34 行で 110 枚 ~130 枚。
・用紙の 1 枚目に以下の項目を記入してください。
①作品名（ふりがな）/②作家名（ふりがな）/③本名（ふりがな）/
④年齢職業 /⑤連絡先（郵便番号・住所・電話番号）/⑥メールアドレス /
⑦略歴（他紙応募歴等）/⑧サイト URL（なければ省略）
・用紙の 2 枚目に 800 字程度のあらすじを付けてください。
・プリントアウトした作品原稿には必ず通し番号を入れ、右上をクリップなどで綴じてください。

注意事項
・お送りいただいた原稿は返却いたしません。あらかじめご了承ください。
・応募方法は必ず印刷されたものをお送りください。CD-R などのデータのみの応募はお断りいたします。
・採用された方のみ担当者よりご連絡いたします。選考経過・審査結果についてのお問い合わせには応じられませんのでご了承ください。

◆応募先

〒100-0004　東京都千代田区大手町 1-5-1　大手町ファーストスクエアイーストタワー
株式会社ハーパーコリンズ・ジャパン　「ヴァニラ文庫作品募集」係

俺様御曹司の偽装恋人になったら全力溺愛されました⁉

~恋愛不信の王子様、ついに陥落する~ Vanilla文庫 Miel

2023年11月5日　第1刷発行　定価はカバーに表示してあります

著　作　桜しんり

装　画　まりきち
発行人　鈴木幸辰
発行所　株式会社ハーパーコリンズ・ジャパン
東京都千代田区大手町1-5-1
電話　03-6269-2883（営業）
0570-008091（読者サービス係）
印刷・製本　中央精版印刷株式会社

Printed in Japan ©K.K.HarperCollins Japan 2023 ISBN978-4-596-52948-0